Coleção

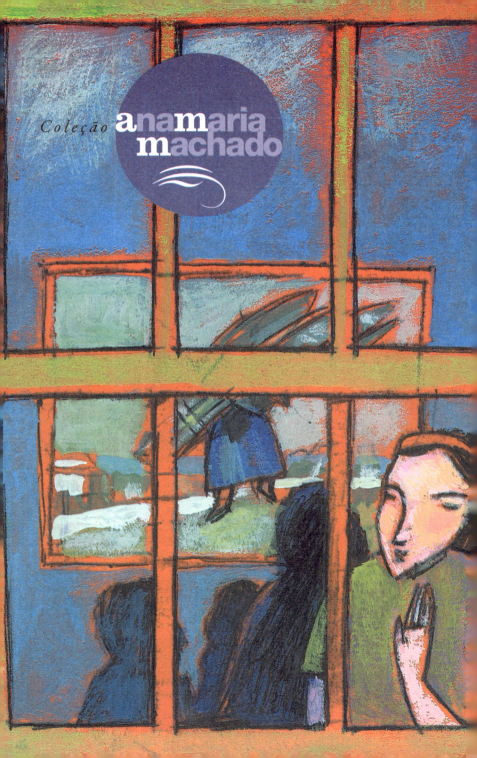

Do outro mundo

Ilustrações

Lúcia Brandão

editora ática

Do outro mundo
© Ana Maria Machado, 2001

Diretor editorial	Fernando Paixão
Editora	Carmen Campos
Editor assistente	Roberto Homem de Mello
Coordenadora de revisão	Ivany Picasso Batista
Revisão	Rhodner Paiva

ARTE
Projeto gráfico	Victor Burton
Editora	Suzana Laub
Editor assistente	Antonio Paulos
Editoração eletrônica	Ana Paula Brandão

CIP-BRASIL. CATALOGAÇÃO NA FONTE
SINDICATO NACIONAL DOS EDITORES DE LIVROS, RJ.

M129d

Machado, Ana Maria, 1941-
   Do outro mundo / Ana Maria Machado ; ilustrações Lúcia Brandão. - 1.ed., - São Paulo : Ática, 2002.
   128p. : il. - (Coleção Ana Maria Machado)

   Apêndice
   Inclui bibliografia
   ISBN 978 85 08 08165-3

   1. Escravidão - Ficção. 2. Novela juvenil. I. Brandão, Lúcia, 1959-. II. Título. III. Série.

07-4316.   CDD 028.5
                                                        CDU 087.5

ISBN 978 85 08 08165-3 (aluno)
ISBN 978 85 08 08223-0 (professor)
CAE:218607
OP:248493
2024
1ª edição
31ª impressão
Impressão e acabamento:Bartira

Todos os direitos reservados pela Editora Ática, 2002
Av. Otaviano Alves de Lima, 4400 – CEP 02909-900 – São Paulo, SP
Atendimento ao cliente: 4003-3061 – atendimento@atica.com.br
www.atica.com.br

IMPORTANTE: Ao comprar um livro, você remunera e reconhece o trabalho do autor e o de muitos outros profissionais envolvidos na produção editorial e na comercialização das obras: editores, revisores, diagramadores, ilustradores, gráficos, divulgadores, distribuidores, livreiros, entre outros. Ajude-nos a combater a cópia ilegal! Ela gera desemprego, prejudica a difusão da cultura e encarece os livros que você compra.

Coleção anamaria machado

Ruídos muito estranhos arrepiam os cabelos de Mariano e sua turma. Será que a antiga fazenda de café onde os quatro jovens foram passar uns dias está mal-assombrada?

Em vez de sair correndo, contudo, eles acabam é encarando o desafio de desvendar um mistério acontecido há muito, muito tempo. E que os faz pensar um bocado sobre certas coisas ainda hoje muito mal resolvidas na sociedade: escravidão, preconceito...

Quem conta a aventura e todas as revelações que ela traz é o próprio Mariano. Até para entender melhor tudo o que se passou, ele se dedica a uma tarefa que nunca imaginou encarar: escrever um livro.

Acompanhamos as dificuldades do escritor estreante em traduzir para o papel os fatos vividos, e compartilhamos sua satisfação ao concluir a empreitada. Mariano percebe que escrever é uma missão difícil. Mas que pode ajudar a enfrentar assombrações. Inclusive o pior tipo delas: as que fazem parte da realidade, não da imaginação.

Sumário

1. *Café com leite* 11

2. *Alguém chorando na madrugada* 25

3. *Nítida e transparente* 35

4. *Uma conversa esquisita* 45

5. *Peças pretas, pintas brancas* 51

6. *O castiçal de Iaiá* 63

7. *Feijão com arroz* 69

8. *Preto no branco* 79

9. *Escravo, escrevo* 95

    anamariamachado *com todas as letras* 119

    Biografia 120
    Bastidores da criação 124

*Para Verônica,
que ao contar a história de seu bisavô
me deu o ponto de partida.*

"Não quero o teu alpiste!
Gosto mais do alimento que procuro
Na mata livre em que voar me viste."

(Olavo Bilac, *O pássaro cativo*)

1 *Café com leite*

Você me desculpe. E, por favor, tenha um pouco de paciência. Eu não entendo nada disso. Só estou aqui escrevendo — ou tentando escrever — porque assumi um compromisso. Mais até do que isso: fiz uma promessa solene, um juramento muito importante.

E sei que tenho que cumprir.

Para começar, não sei começar. E não garanto se vou saber acabar. Mas isso só vamos ver depois. Quando chegar a hora. Por enquanto, tenho é que começar de uma vez.

Na certa o melhor jeito é assim. Como se estivesse conversando, e fosse contar alguma coisa para os meus amigos. Mas nem sei se é para um amigo só ou para uma porção de gente. Se peço desculpas a você ou a vocês. Seja como for, peço. Desculpas, quer dizer. E explico que não sou muito acostumado com livros. Nisso sou muito diferente da Elisa, irmã do meu amigo Léo — tudo gente que você já vai conhecer daqui a pouco.

Mas o caso é que nunca tive a menor paciência para ficar lendo, sempre achei uma chateação e uma canseira ficar olhando aquele monte de palavra enfileirada numa página, aquele monte de página colada dentro de uma capa, tudo encarando a gente com jeito de quem diz: "Como é? Olha que se não começar logo, não vai dar tempo, e o teste é na quarta-feira..."

No colégio, se pudesse, não lia mesmo. Perguntava a um colega como era a história, embromava um pouco, e pronto, me virava de qualquer jeito na hora da prova. Sempre soube que não vou mesmo precisar dessas coisas. Vou estudar informática. Me amarro em computador. Números. O mundo do futuro. Profissão que dá dinheiro. Um dia ainda vou ganhar muita grana. E com toda certeza não vou precisar de livro pra isso. Pelo menos era o que eu sempre achei, agora já começo a duvidar.

Enfim, estou só querendo lhe dizer que não sou muito chegado a esse negócio de contar história. Mas o escolhido fui eu, e não tem jeito. Ainda mais numa escolha dessas, que vem de séculos atrás. De outro tempo. De outra vida. Ou de outro mundo, nem sei direito.

Bom, mas isso eu ainda vou contar. É o final do mistério. E ainda nem falei como ele começou.

Primeiro me apresento. Meu nome é Mariano. E sou um cara normal, como todo mundo. Podia dizer que sou magro, moreno e agora estou usando óculos. Quando aconteceu tudo isso que eu vou contar, ainda não tinha descoberto que era um pouco míope. A Elisa até acha que era por isso que eu não tinha paciência de ler, porque não enxergava direito e logo ficava com a cabeça pesando. Mas não sei. Talvez fosse só porque nunca tinha descoberto o que podia haver de interessante num livro. Em alguns livros, quer dizer, porque ainda acho uma porção deles chatíssimos. Mas isso não tem a menor importância agora. Não posso mudar de assunto. Estou só me apresentando.

Talvez essa seja mesmo a melhor maneira de começar. Apresentando todos nós.

Então, eu sou o Mariano. Meu pai é vendedor, representante de uma firma distribuidora de artigos de escritório. Vive viajando pelo interior do estado para demonstrar os produtos nas papelarias, conseguir novos clientes, essas coisas. Minha mãe também trabalha. Até pouco antes de tudo começar, ela era gerente da *Petiscos & Confeitos — Casa de Chá*, uma espécie de lanchonete metida a elegante, que fica no maior *shopping* de Cachoeirinha. Uma cidade que tem esse nome (aliás, o nome todo é mesmo Cachoeirinha do Rio das Pedras) mas não tem cachoeira nenhuma, tem só um riozinho claro que passa pulando por cima de uns pedregulhos e vai acabar logo ali adiante, quando chega no Rio Pardo. Esse, sim, é um rio de verdade, largo, caudaloso (como dizem nos livros da escola) — mas de águas muito barrentas, de tanta terra que vem trazendo desde a nascente em sua correnteza forte, como se não pudesse se desviar de nada e tivesse que mostrar logo toda a sua importância. É um rio que passa por uma porção de cidades, e atravessa uma porção de fazendas antes de ir se jogar no Paraíba. Hoje em dia, muitas são fazendas de criação de gado leiteiro. Mas durante muito tempo, foram fazendas de café. Com casas antigas, grandes, imponentes. Consideradas importantes, parte do patrimônio nacional. Há muitas assim, por toda nossa região. Algumas até parecem abandonadas, porque os donos atuais não são ricos nem têm condições de manter. E foi numa delas que tudo aconteceu.

A minha mãe tem uma grande amiga, a Vera, que foi colega dela no colégio, e é a mãe do Léo e da Elisa. Pois bem, essa Vera é separada do marido há anos e trabalhava de secretária na Cooperativa de Produtores de Leite de Cachoeirinha. Às vezes, falava que ia se mudar para uma cidade maior, mas acabava ficando por aqui, por causa dos pais, que moravam num sítio na beira do rio, o que sobrara de uma dessas fazendonas antigas, um pouco mais para baixo de Cachoeirinha. Ainda bem, porque o Léo é o meu maior amigo e eu ia sentir muita falta se ele fosse para longe. Nós estamos na mesma turma desde o primário, jogamos futebol todo fim de semana no Campinho do Feijão (ele mesmo, o grande artilheiro do Campeonato Nacional, você não sabia que o Feijão é daqui? Pois é, nascido em Cachoeirinha do Rio das Pedras... E começou a carreira nesse campo, que ficou com o nome dele).

Léo e eu somos tão inseparáveis que tem gente que acha que nós somos irmãos. Mas é só olhar para ver como somos diferentes. Leite e café. Eu sou alto e magro, e bem mais claro. Léo é moreninho, mais escuro (menos que a mãe e muito menos que os avós, mas escuro) e mais baixo que eu, mas muito mais forte. É um ano mais velho que a Elisa, uma garota esperta e legal. E pode ter certeza de que não estou dizendo isso só porque sei que ela vai ler o que eu estou escrevendo. É porque acho mesmo, sempre achei. De vez em quando, a gente ia passar um fim de semana ou uns dias de férias no sítio dos avós deles, naquela casa enorme quase caindo aos pedaços, e a Elisa nunca chateou a gente. Às vezes, ficava quieta no canto dela lendo, ou ia brincar com a Terê, a neta do pessoal de uma fazenda vizinha, que de vez em quando vem até aqui passar uns tempos. Mas muitas vezes a Elisa saía com a gente para pescar ou andar a cavalo e nunca atrapalhou um programa. De poucas meninas se pode dizer o mesmo.

A Terê, por exemplo, é uma fresca, cheia de ais. Reclama do calor, dos espinhos, dos mosquitos, do cheiro de bosta no curral, não quer sentar no chão para não sujar a calça... Mas também, mora numa cidade muito maior e não está acostumada com isto aqui. A gente tem que compreender, como sempre disse a Elisa. E na verdade, nada disso nunca atrapalhou a maravilha que eram os dias que a gente passava no sítio dos avós deles.

Por isso, quando o avô do Léo morreu há alguns meses, eu tenho até vergonha de dizer, mas logo que passou o primeiro momento, em que minha mãe me levou para a casa deles e eu fiquei junto do meu amigo para ver se dava uma força naquela hora pesada, outros pensamentos foram tomando a minha cabeça.

Uma das primeiras coisas em que eu pensei foi que aquilo tudo ia acabar. A Dona Carlota, avó dele, tem a saúde um pouco fraca e não ia dar conta de tudo sozinha. Logo vi que iam morar todos juntos. E que ia ser muito fácil a Vera convencer a mãe a se mudar para a cidade grande. Não precisou ninguém me dizer: de cara eu percebi que estava me arriscando a ficar sem os fins de semana no sítio e, pior ainda, sem o meu maior amigo.

Uns dias depois, conversei com ele e contei como eu estava preocupado.

— Não sei, não, Mariano... Eu acho que não tem esse perigo — respondeu o Léo, até bem tranquilo.

Mas não me convenceu.

— Mas a sua avó já não veio do sítio? Já não está morando na sua casa?

— Está.

— Pois então... — insisti. — Eu acho que agora ela nunca mais volta para lá. Sua mãe vai querer se mudar para São Paulo com vocês todos...

Léo riu.

— Pois vou lhe dizer uma coisa, Mariano. Pelo jeito, acho mais fácil a minha avó convencer mamãe a ir morar no sítio...

Fiquei espantado. Léo foi contando as conversas das duas. A insistência de Dona Carlota em voltar para o seu canto assim que pudesse. A tristeza de Vera ao pensar em vender a terra onde nascera. A ideia de procurarem alguma solução para que isso não fosse necessário. Mas ao mesmo tempo, a insatisfação de Vera com seu emprego, com a vida que estava levando...

Voltei à carga:

— Viu só? Se sua mãe está falando essas coisas assim, na sua frente, contando como não quer mais trabalhar na Cooperativa, é porque está preparando terreno.

— De verdade, Mariano, acho que não é isso. Mas que elas estão meio perdidas, lá isso estão. Pelas conversas, parece que meu avô deixou algum dinheiro numa poupança, mas é pouquinho. Você falou aí em preparar terreno? Pois ainda hoje elas estavam dizendo que o dinheiro não dá nem para preparar a terra para plantar alguma coisa que valha a pena.

— Eu não disse?

— Mas a conversa não acabou aí. No fim a minha mãe falou assim: "Eu vou ter que descobrir um jeito".

— E você acha que ela descobre?

A resposta do Léo não foi a que eu esperava.

— Não sei. Mas a Elisa resolveu que vai descobrir. E você sabe como ela é... Quando mete uma coisa na cabeça não sossega enquanto não consegue. É por isso que eu não estou preocupado.

De noite, a minha mãe chegou em casa e comentou com meu pai:

— O que é que você acha da ideia de eu abrir meu próprio negócio?

— Como assim? De onde saiu essa ideia de repente? — perguntou ele, pegando o controle remoto da televisão e diminuindo o volume, coisa que mostra como ficou perturbado, porque ele é daqueles que ligam a tevê e esquecem. Não olha mas também não desliga nem abaixa o som.

— Foi uma conversa que tive com a Vera hoje, e fiquei pensando... Me diga o que você acha. Na verdade, a ideia foi dela. Aliás, da Elisa, para ser mais exata.

E então começaram a discutir o assunto. Minha mãe contou que a Vera tinha ido lá na *Petiscos* na hora do almoço e falou que estava com vontade de ver se conseguia dar algum aproveitamento econômico para o sítio, porque não queria vender o lugar onde nasceu, onde a mãe e o avô tinham nascido... Mas não sabia cultivar nada, o dinheiro era pouco,

essas coisas. Só que a Elisa tinha sugerido que talvez eles pudessem abrir um hotel-fazenda, ou pelo menos uma pousada. Tinha um terreno bonito, um pedacinho de mata, uns pedregulhos que formavam a última "cachoeirinha" do Rio das Pedras, antes de ele ir dar no Rio Pardo, com um remanso bom para tomar banho na água clara... E umas construções enormes, antigas...

— E a Vera lá entende dessas coisas? — resmungou meu pai.

Minha mãe explicou que a amiga ia se matricular num curso de hotelaria do Sebrae. E estava disposta a investir no negócio — usar o dinheiro do Fundo de Garantia quando saísse da Cooperativa, e mais a tal poupança que o pai deixara, e uma linha de crédito, sei lá, uma porção de coisas de grana que ela falou e eu não entendo muito bem.

Para falar a verdade, nem prestei muita atenção. Ainda não sabia que isso tudo ia esbarrar num mistério. Nem que um dia eu ia ter que escrever isto para contar o começo de nossa história do outro mundo. E estava muito animado com a ideia da Elisa, não fiquei reparando em detalhes. Mas lembro que a minha mãe contou para o meu pai nesse dia uma coisa importante: que a proposta da Vera era fazer uma sociedade com ela, que já tinha prática de gerenciar uma confeitaria. E as duas eram amigas, se entendiam bem, podiam somar esforços...

Enfim, meus pais conversaram um tempão nessa noite. Eu só ouvi uma parte, depois fui para o meu quarto. Mas deu para perceber que minha mãe tinha ficado animadíssima com a ideia. E que meu pai, depois que entendeu a situação, começou a achar muito interessante. Disse que dava a maior força. Prometeu que ia apresentar as duas a um contador. Falou que a pousada podia ser uma ótima aplicação para umas economias que eles tinham e precisavam transformar em algo concreto... Mais que isso, suspirou com um ar meio sonhador que eu não conhecia e sorriu, dizendo que aquilo podia ser um ótimo negócio para ele também no futuro, que essa vida de vendedor-viajante é muito cansativa, tem uma hora que o sujeito quer sossegar, um negócio daqueles podia ser uma grande saída. Fiquei até achando que ele queria ser sócio também.

Foi bem assim que as coisas foram começando a mudar.

A Vera saiu do emprego e foi fazer o tal curso. Minha mãe ainda continuou na confeitaria mais uns dois meses, até arranjarem uma substituta. Mas a toda hora que aparecia uma folguinha de tempo, nós íamos até o sítio com as duas (na verdade, as três, porque Dona Carlota era a mais animada).

— É preciso olhar tudo com outros olhos... — dizia Vera.

— Não é mais um lugar de se morar, é um negócio. Mesmo que a gente tenha um cantinho para morar.

E conversavam, planejavam. Como seriam a cozinha, a recepção, o escritório. As reformas que iriam ser necessárias no encanamento, na rede elétrica. A construção de um banheiro para cada quarto. E lá fora, o que iria ser aproveitado, o que seria demolido ou construído. Nós todos dávamos palpites: piscina, cavalos, barcos no rio...

Elas riam:

— Calma, meninos!

— Não é assim... Isso tudo custa muito dinheiro.

Dona Carlota toda hora dizia uma coisa esquisita:

— Devagar com o andor, que o santo é de barro.

Ainda bem que na terceira vez o Léo perguntou o que era aquilo. Eu nem sabia o que era andor e não via nenhum santo por ali.

— Ah, isso é um ditado antigo, uma recomendação nas procissões, para o pessoal não ir com muita pressa. Andor é aquela plataforma onde se apoia a imagem do santo para carregar. Se sair todo mundo correndo, alguém pode tropeçar e deixar tudo cair. E se o santo for de louça ou de barro, quebra... É preciso a gente ter cuidado, para chegar tudo inteirinho onde se quer.

Ou seja, elas estavam só querendo dizer que havia pouco dinheiro e iam ter que fazer tudo aos pouquinhos.

— Com trabalho, limpeza, dedicação — em suma, muito capricho. Mas fazendo apenas o mínimo de despesas essenciais. Pelo menos nessa primeira fase — explicou minha mãe.

Depois a Vera começou a dizer que iam ter que dar um jeito de ter mais quartos, que ela tinha aprendido no curso de hotelaria que uma pousada, para ser rentável, tem que ter pelo menos dez quartos. Porque, de qualquer jeito, é preciso pagar empregados, impostos, ter máquinas de lavar, uma cozinha industrial e não sei que mais, e é necessário haver um número mínimo de pagantes para sustentar a manutenção. E tome conversa de economia...

A casa era grande, mas nem tanto. Ainda mais porque precisariam também ter alojamento de empregados e todos os aposentos de infraestrutura — despensa, rouparia, lavanderia...

E de repente, nem lembro de quem foi a sugestão:

— Talvez a gente pudesse aproveitar o barracão...

O barracão não era um barraco de verdade, mesmo a gente chamando assim. Barraco é de madeira e o barracão tinha umas paredes bem grossas, que eu achava que eram de tijolo, nunca tinha pensado nisso. Só quando começou a obra, descobri que eram de taipa. Pau a pique, sabe como é? Uma estrutura feita de troncos finos e galhos retos de árvore, uns verticais outros horizontais, amarrados bem firme uns nos outros, fazendo uma espécie de rede de quadradinhos, tudo de pau. Depois, todos esses buracos eram preenchidos por barro jogado de um lado e do outro da parede, que secava e ficava mais duro que tijolo. Aí, era só alisar e pintar. Meu pai explicou que era a técnica de construção mais comum no Brasil até muito pouco tempo atrás, sem cimento nem ferro, ao alcance de qualquer um, barata, e muito sólida. Tão sólida que o barracão tinha até aguentado um grande incêndio havia muito tempo. Quer dizer, o teto desabara, uns pedaços de parede tinham caído e sido reconstruídos, mas muita coisa tinha sobrado. Só que tudo isso era história muito velha. De antes da gente nascer. Ou de nossos pais e avós.

Enfim, o que importa saber agora é que o tal barracão era uma construção muito velha, comprida e estreita, que ficava mais atrás da casa. Uma espécie de galpão meio em ruínas. Não tinha janelas. Nem paredes por dentro. Era só um espaço inteiro, grande e escuro — fora a luz que entrava nuns lugares pelos buracos do teto ou da parede. O piso era de terra batida. Servia de depósito de ferramentas e arreios, às vezes era usado como paiol, e acabava sendo mesmo um lugar onde há anos se guardava todo tipo de entulho que os avós do Léo não tinham coragem de jogar fora — um armário velho, uma cama de casal que ocupava muito espaço e não estava tendo utilidade, uns baús, umas cadeiras de palhinha com o assento rasgado, dois tachos de cobre imensos, um caldeirão furado, uma pilha de pratos e travessas lascados ou rachados... Quando as obras começaram, a Elisa até encontrou um castiçal antigo, de louça azul e branca, partido em três pedaços tão perfeitos que deu para colar e usar como se fosse novo. Ficou tão perfeitinho que até dava para ler a inscrição embaixo, com o nome da fábrica em inglês — Freewood.

O barracão podia ser um lugar incrível para nossas brincadeiras, mas na verdade, a gente não gostava de ir lá, era muito escuro e lúgubre (gostou? Essa palavra eu aprendi num livro que a Elisa me emprestou, e pensei que nunca ia usar. Se não gostar, pode escolher outras: *soturno*, *ameaçador* também servem). O vento entrava por uns buracos que havia na parede embaixo do telhado, e parecia um bando de lobos uivando em filme de terror. Cada vez que se abria a porta, saía de lá de dentro uma revoada de morcegos. E sempre havia uns barulhinhos esquisitos que a Elisa jurava que eram de ratos.

De qualquer modo, esse barracão ficou para trás. Num instante não se falava mais nele, nem ninguém mais lembrava de como tinha sido. Porque logo a Vera passou a chamá-lo de "anexo" da pousada. E foi com as obras do anexo que começou a grande reforma que iria dar à pousada a forma que ela tem hoje e que atrai tanta gente de São Paulo nos fins de semana.

2 Alguém chorando na madrugada

Dá para imaginar a animação da gente quando, finalmente, pudemos inaugurar o anexo. Antes da inauguração oficial. Ainda não havia hóspedes, e nós íamos ser as primeiras pessoas a dormir naquele lugar — quer dizer, sem contar quem andara dormindo por lá no tempo da escravidão, mas isso não vale, era coisa do século XIX. Nós íamos ser os primeiros do século XXI.

Eu falei que nessa noite ainda não tinha hóspedes. Não podia mesmo ter, porque a pousada não estava aberta ao público. Nem era possível fazer isso, porque ainda estava faltando ligar a eletricidade. Para falar a verdade, os quartos só estavam prontos na parte de construção — paredes, piso, pintura, janelas. Mas nem ao menos tinham móveis, porque o marceneiro tinha atrasado a entrega das camas e mesinhas de cabeceira.

Aliás, quase tudo na obra tinha sido assim — entregue fora do dia. Mas ninguém atrasou tanto quanto o pessoal das madeiras. Tudo estourou o prazo — telhado, janelas, portas, móveis, até o galinheiro. Minha mãe tinha insistido muito em dizer que a pousada devia ter um cercado com galinhas e uma casinhola para elas, feita de ripinhas, porque o pessoal da cidade gosta muito de ver bicho quando vem para a roça e tem criança que pensa que ovo nasce em supermercado. E como a Vera e a mãe dela também achavam bom ter galinhas e outras aves ("com criação no quintal a gente sempre sabe que tem um reforço para a janta numa emergência", dizia dona Carlota), a ideia foi aprovada.

Mas a granja entregou os animais antes que o galinheiro ficasse pronto. E lá ficamos nós, às voltas com galinhas, patos, marrecos, e até galinhas-d'angola, todos mal cercados num alambrado improvisado, enquanto a marcenaria não cumpria o prazo. Toda hora um fugia e tínhamos que correr atrás:

— Me ajuda a pegar essa galinha!

— Lá vai aquele frango sem-vergonha outra vez...

— Corre, que a carijó passou por aqui.

Acho que a primeira coisa que eu aprendi na pousada foi a conhecer galinha. Tinha o frango do pescoço pelado, tinha o garnisé miudinho e brigão, umas galinhas vermelhas, outras brancas, e mais o galo e umas frangas carijós — de penas mescladinhas de preto e branco. As galinhas-d'angola também eram das mesmas cores que as carijós, mas tinham uma forma bem diferente, com as penas leves se armando bem fofas. E não cantavam *cocoricó*, mas *tô-fraco, tô-fraco...*

Do outro mundo | **27**

Todas davam um trabalhão. Tanto trabalho, que ficou todo mundo em cima do marceneiro para andar logo com o cercado e a tal casinhola das galinhas, e por causa disso ele acabou atrasando a entrega das camas.

Por esse motivo, no dia que inicialmente tinha sido planejado para a inauguração da pousada, as galinhas estavam muito bem instaladas mas os possíveis hóspedes não podiam se hospedar. Faltavam móveis.

Porém, como a obra tinha acabado, minha mãe e Vera até toparam abrir as portas só para os filhos. Como a gente insistiu muito, elas fizeram mil recomendações para não sujarmos nada, mas acabaram concordando em deixar a gente dormir lá e usar os colchões novos, no chão mesmo. Com mil e uma condições. As duas fizeram questão de avisar que não iam pendurar quadros (como se a gente estivesse ligando para enfeite) nem abrir os pacotes com lençóis, colchas, toalhas e fronhas. Nem tirar as capas de plástico dos travesseiros. Ficava para estrear tudo junto, quando estivesse realmente pronto.

Assim, tivemos que trazer de casa nossa roupa de cama. Convidamos uns amigos para passar a primeira noite no anexo da nova pousada. E nos amontoamos em três quartos — as meninas num, os meninos em outro, meus pais num terceiro. A maior bagunça.

Fomos dormir tarde, porque ficamos conversando e tocando violão na varanda até altas horas. Mas tínhamos tido um dia agitado, com banho de rio e passeio a cavalo. Estava todo mundo exausto. Na hora de deitar, foi só bater na cama — ou no colchão, para ser exato — e apagar.

Não sei quanto tempo tinha passado quando acordei. A maior escuridão. Não dava pra ver nada.

Mas dava pra ouvir. Muito nítido. Um ruído abafado, mas que não deixava a menor dúvida. Gemidos e soluços. Alguém estava chorando. Uns gemidos doídos, de cortar o coração. Apesar de abafado, dava para ouvir o choro perfeitamente. Não dava era para distinguir de onde vinha. Mas só podia vir do quarto das meninas — não era tão perto assim do meu colchão. E nenhum menino ia chorar daquele jeito no meio da noite, disso eu tinha certeza.

Levantei a cabeça, sentei, ouvi com atenção durante algum tempo. Não tinha dúvidas: era choro mesmo, e distante. Resolvi cutucar o Léo, que estava ao lado.

— Léo... — sussurrei — ... acorda...

— Que foi? Aconteceu alguma coisa? — a voz dele, alta e assustada, vinha do meio da escuridão.

— Acho que alguém está passando mal... — disse eu.

— Quem é? Chamaram a gente? — perguntou ele, alto, quase acordando o quarto inteiro.

— Vocês dois podem parar com essa conversa? Eu quero dormir... — reclamou outra voz sonolenta.

Tentei explicar ao Léo em voz baixa:

— Tem alguém chorando, acho que é no quarto das meninas.

Ele ficou quieto. Um silêncio tão grande que até achei que tinha dormido de novo. Depois falou:

— Não ouvi nada. Só tem barulho de grilo, de sapo e o vento nas folhas.

Era verdade. O choro tinha parado. Eu mesmo não estava ouvindo mais nada.

— Você deve ter sonhado — disse o Léo.

No escuro, ouvi meu amigo se virando no colchão. Depois, silêncio total. Ele devia ter dormido de novo. Eu é que

não dormi. Tinha certeza absoluta de que não tinha sonhado. E a menina que chorava já tinha conseguido me despertar completamente.

Acendi a lanterna, fui até o corredor, andei de um lado para o outro. Parei em frente ao quarto delas. Pensei que, se ela estivesse precisando de ajuda, veria a luz pela fresta de debaixo da porta e podia se levantar para conversar. Mas ninguém apareceu. Fosse lá quem fosse, já devia ter desabafado e a essa altura estaria dormindo de novo.

Voltei para a cama e fechei os olhos. Mas fiquei meio preocupado, lembro como se fosse hoje. Demorei muito a pegar no sono outra vez, só consegui quando os galos já tinham cantado um monte de vezes e o dia estava começando a clarear.

Com isso, fui o último a levantar. Quando fui tomar café, todos já tinham terminado. Fiquei até com vergonha. Engoli às pressas uma caneca de leite, peguei um pão com manteiga e fui encontrar o pessoal todo já no pomar, subindo na goiabeira. Examinei as meninas todas com atenção, para ver se descobria quem estava com cara de ter chorado de noite com um jeito tão sentido. Ninguém. Pelo visto, a chorona disfarçava bem.

Mas no fim do dia, tive uma surpresa. Estávamos todos conversando, espalhados pela varanda, uns sentados num banco comprido, outros pelo chão, alguns numas redes, e de repente alguém propôs:

— Vamos dar um susto na Elisa?

Olhei e vi minha amiga ressonando, deitada na rede... Todos se organizaram em volta para acordá-la de repente, com uma sacudidela forte. Foi uma gargalhada só.

— Isso é hora de dormir, Elisa?

— Agora vai dormir com as galinhas, como diz a vovó? — perguntou Léo.

Ela também achou graça e riu, mas comentou:

— Não, pode deixar, não sou de dormir cedo... Foi só hoje. É que dormi muito mal esta noite. Fiquei um tempão acordada...

— Estranhou a cama? — perguntou alguém.

— Não... — respondeu ela, meio vaga. — Mas estranhei o ambiente. Uns barulhos diferentes...

Então tinha sido ela... Todo mundo já estava mudando de assunto, mas eu tinha ficado curioso. Sentei perto dela e puxei conversa:

— Eu também acordei de noite, Elisa. E também custei muito a pegar no sono de novo.

Pensei em perguntar logo por que ela tinha chorado. Mas hesitei. Não queria ser indiscreto. Preferi dar uma oportunidade para ela falar, se quisesse.

Ela olhou para mim muito séria. Pensou um pouco e perguntou:

— Então você também viu e ouviu?

— Viu o quê? — perguntei.

— Uma luz deslizando pelo chão... — respondeu ela tão baixinho que mal dava para ouvir.

— Era eu, Elisa, com a lanterna, andando pelo corredor...

— Por que não me chamou?

— Eu não podia imaginar que você estivesse acordada...

— Não dava para dormir com você gemendo e chorando daquele jeito. O que aconteceu? Estava passando mal?

Protestei, imediatamente:

— Mas eu não estava chorando! Também acordei com os gemidos. Até chamei o Léo, mas aí o choro parou e eu não ouvi mais nada.

Elisa olhou para mim muito séria, com ar de quem duvidava. Em seguida, deve ter chegado a uma conclusão, porque disse:

— Mariano, se eu não estava chorando e se também não era você, então quem foi? Porque eu tenho certeza de que ouvi, e muito bem. Um choro cheio de soluços.

— E gemidos — completei. — Também ouvi. Deve ter sido outra menina.

Ela negou:

— Não, Mariano, isso eu posso garantir. Lá no quarto não foi. Eu estava com o castiçal e uma caixa de fósforos do lado do meu colchão. Acendi a vela para ver se era alguma das meninas, mas não era. Tenho certeza. Estava todo mundo dormindo. E o choro era abafado, parece até que ficou mais alto com a luz, mas vinha de muito mais longe.

Do quarto dos meninos não vinha. Seria minha mãe? Por que ia chorar assim no meio da noite? Fiquei preocupado. Mas disfarcei:

— Devia ser alguém com um pesadelo. Depois a gente descobre.

Mas não conseguimos desvendar o mistério. Pelo menos, não nesse dia.

Se eu estivesse mais acostumado a escrever, talvez soubesse inventar alguma mentira, contar que ficamos dias e dias pensando no choro da madrugada. Acho que ia aumentar muito o suspense. Mas não é verdade. No fim de semana seguinte, já tínhamos esquecido o assunto.

Quer dizer, durante alguns dias eu ainda olhei minha mãe de banda de vez em quando, disfarçadamente, tentando ver se ela estava com ar triste ou vestígios de lágrima — seja lá o que isso pudesse ser. Mas, nada. Nenhum sinal de problema nem preocupação. Nunca a tinha visto tão animada, empolgadíssima com os últimos preparativos para a abertura oficial da pousada e o início de sua vida de empresária com um negócio próprio. Cheguei à conclusão de que não tinha sido ela a pessoa a chorar naquela noite.

Para falar a verdade, fui até começando a achar que ninguém tinha chorado. Na certa Elisa e eu nos assustamos à toa, com um desses barulhos estranhos de uma casa que a gente não conhece e não consegue identificar. Um galho de árvore roçando numa parede com o vento, por exemplo. Ou uma janela mal fechada, sacudindo como se estivesse guinchando... Podia ter sido um bicho, também, quem sabe? Um gato vadio. Uma coruja ou qualquer outra ave noturna.

É, devia ser... Em pouco tempo, não pensávamos mais nos gemidos da madrugada.

Até que eles voltaram, em outra madrugada. E não voltaram sozinhos.

3 Nítida e transparente

Foi quase um mês depois.

A essa altura, já estava tudo pronto, a energia elétrica tinha sido ligada, os primeiros hóspedes já estavam aparecendo para passar o fim de semana na pousada. Tinha chegado ao fim aquela fase de brincadeira, em que podíamos juntar todos os amigos para dormir num quarto com o piso forrado de colchões. Agora havia camas, mesinhas, televisão, tapetes, cortinas, espelhos, quadros e luminárias em todos os quartos. Tinha até quadros nas paredes — umas reproduções de gravuras antigas, de um certo Rugendas e um tal Debret, que minha mãe encomendou em São Paulo.

— É para dar um charme, um ar de época ... — ela dizia.

Até nos explicou que esses caras eram uns pintores (um alemão e um francês) que viajaram muito pelo Brasil no começo do século XIX e pintavam tudo o que viam, para mostrar ao mundo como a gente era. Acabaram nos mostrando a nós mesmos, tanto tempo depois: as paisagens, as casas, os índios, os escravos, os senhores, os móveis, os tipos de trabalho das pessoas, o que elas vestiam, os vendedores ambulantes, montes de coisas... Tudo como era antigamente, superlegal de ver. Guardadinho para sempre, mesmo sem ter fotografia na época.

Esses quadros que a minha mãe encomendou eram todos diferentes e a gente acabava distinguindo um quarto do outro dando nomes a eles, pelo que tinham na parede, já que os móveis, as colchas e as cortinas eram iguais. Pelo menos no anexo, em que todos os apartamentos eram novos e do mesmo tamanho, feitos depois da reforma. Na casa-grande havia uns maiores, outros menores, e as janelas abriam para lados diferentes do quintal.

Como ainda havia poucos hóspedes na pousada, porque as coisas estavam começando, mesmo sem podermos trazer a turma, nossas mães deixavam a gente ocupar dois quartos para dormir no fim de semana. Diziam que até movimentava um pouco o ambiente e não dava aos hóspedes a sensação de isolamento. Chamávamos apenas Terê. Léo e Elisa vinham do apartamentinho onde estavam morando, no fundo da pousada, e eu trocava Cachoeirinha pelo anexo.

Então, geralmente Elisa e Terê ficavam no quarto da Vendedora de Folhas de Bananeira ou no do Naturalista (com a gravura de um sujeito seguido por um escravo de chapelão salpicado de borboletas espetadas, carregando pastas de desenhos, amostras de folhas e flores, uma cobra morta na ponta de um pau). Léo e eu nos instalávamos num quarto ao lado, o do Vendedor de Flores e Fatias de Coco ou no que chamá-

vamos de Índio Caçador, onde o quadro na parede mostrava um índio fortíssimo deitado, esticando um arco imenso com a ajuda dos pés, para disparar a flecha. Eram os quatro apartamentos que ainda estavam meio incompletos, porque a costureira atrasara a entrega das cortinas que iam ficar nas janelas, combinando com as colchas.

Pois foi nessa ocasião e nesse cenário que se manifestou o que podemos chamar de segundo capítulo do tal choro noturno. Se é que aquilo era mesmo choro.

Só que dessa vez foi bem mais cedo. Nem tínhamos chegado a dormir. Quer dizer, o resto do pessoal que pernoitava na pousada já devia estar no terceiro sono, pela hora em que tinham se recolhido. Mas nós quatro tínhamos ficado armando um quebra-cabeça de 500 peças no quarto da Vendedora de Folhas de Bananeira — quer dizer, no das meninas. Era um desses *puzzles* que têm o ponto exato de dificuldade. Nem difícil demais para fazer desanimar, nem fácil demais para perder a graça. Então nos empolgamos e nem vimos o tempo passar.

Era uma sexta-feira. De tarde, quando chegamos, já tínhamos separado todas as pecinhas que tinham um lado reto, e completamos a moldura inteira. Depois tínhamos juntado uns pedaços mais evidentes e adiantamos bastante a figura, já dava para ver o conjunto se formando. Por isso, achamos que dava para terminar nessa mesma noite, e ficamos conversando e montando o jogo até tarde, nem vimos o tempo passar.

De noite é sempre mais difícil, porque a luz artificial não é tão boa, e às vezes as cores das pecinhas se confundem um pouco. Mas estávamos em grupo, e isso facilita. O que um de nós não distinguia, outro acabava encontrando.

— Experimenta aí, Elisa. Eu acho que esse verde-escuro é daquela árvore que você estava quase completando.

— Parece mesmo... Deixa eu ver.

Passei para ela. Uma, duas tentativas.

— Acho que não encaixa.

— Tente virar a peça de cabeça para baixo — sugeri.

— Assim?

— Encaixou!

— Mais uma! — comemorou o Léo.

— Ou menos uma... Acho que a gente vai conseguir completar esta noite...

De repente, a Terê, que já estava meio afastada da mesa havia alguns instantes, com ar de quem prestava atenção em alguma coisa, perguntou:

— Vocês não estão ouvindo uns barulhos esquisitos?

— É o vento, sua boba — respondeu o Léo, meio impaciente. — Você sempre se assusta à toa. Na fazenda do seu avô não venta, não?

Elisa respondeu por ela:

— Claro que venta. Mas a Terê não mora lá, esqueceu? Só vem no fim de semana. E mesmo assim, nem sempre. Não está acostumada como nós. Na cidade deve ventar menos. Então ela estranha os barulhos.

Tratei de dar meu palpite:

— Em todo canto venta igual.

— Pode ventar igual, mas na roça tem mais árvores, as casas são mais velhas, mais baixas, os barulhos podem ser diferentes — insistiu Elisa, firme na defesa da amiga.

— Nunca vi altura de casa mudar barulho de vento. Vocês duas é que... — começou a dizer o Léo, mas foi interrompido por um ruído diferente, que todos nós ouvimos e não podíamos negar.

— Ouviram agora? — perguntou Terê.

Era só alguém nos olhar para confirmar que dessa vez, sim, alguma coisa bem estranha chegara aos ouvidos de todo mundo. Elisa arregalou os olhos e segurou o meu braço. Léo levantou o dedo indicador e o encostou na boca, num gesto de quem recomenda silêncio.

Ficamos quietos por um momento, impossível avaliar quanto tempo. Mas não ouvimos mais nada.

— Parecia alguém arrastando um móvel... Mas onde? — disse eu, para falar alguma coisa e ver se quebrava aquela sensação de um pouquinho de medo que fica com a gente depois de um susto.

— É... mas só se for um móvel de metal... — lembrou Elisa, acentuando o que todos tínhamos ouvido com muita nitidez.

— Ou umas correntes pesadas... — completou Terê, quase num sussurro. — Como em filme de fantasma.

Léo foi buscar uma explicação bastante lógica:

— Deve ter sido barulho de algum cano. A água quente correndo na serpentina... Faz cada barulho esquisito...

— Isso mesmo! — concordei. — É que a Terê não está acostumada com esse sistema de aquecimento de água. Faz mesmo um barulhão estranho de vez em quando.

Isso era coisa que todos nós conhecíamos. Muitas das casas velhas das redondezas esquentavam a água assim. Continuei a explicar:

— São uns canos que passam pelo fogão a lenha e saem percorrendo a casa toda, e então...

— Só que aqui não tem fogão a lenha e todo o aquecimento é a gás — cortou Elisa.

— Então foi o vento — insistiu Léo. — Está uma ventania danada.

Estava mesmo. Com todo jeito de que íamos ter uma tempestade. De vez em quando, ouvia-se um trovão meio longe, mas cada vez dava a sensação de estar mais perto.

Levantamos e fomos até a janela olhar. Nenhuma estrela no céu, devia estar tudo nublado. Relampejava para os lados da Pedra Negra. De repente, ouvimos o barulho outra vez. Dentro de casa, sem dúvida alguma.

— Deve ser eco de um trovão — arriscou o Léo, dessa vez sem nenhuma convicção.

— É... deve ser... — disse eu, para dar força a meu amigo.

Nesse momento, a Elisa fez uma proposta surpreendente:

— É claro que não foi trovão nenhum. E foi aqui no anexo. Todo mundo ouviu muito bem. Vamos parar com essa bobajada de ficar inventando explicação e vamos logo ver o que é!

Não podíamos deixar uma menina tomar uma atitude dessas sozinha.

— Vamos! — concordamos Léo e eu.

Mas Terê não parecia nada animada com a ideia:

— Para falar a verdade, não estou muito a fim... Será que um de vocês não podia ficar aqui comigo?

— Ou vamos todos, ou ficamos todos — decidiu Elisa, que, pelo jeito, cada vez assumia mais o comando da situação.

— Então ficamos! — completou Léo. — E se o barulho voltar, vamos todos.

Antes disso, porém, veio uma rajada de vento mais forte e aconteceu o que costuma acontecer nesses casos em Cachoeirinha: a luz apagou de repente.

— Pronto! Era só o que faltava! — reclamei.

— Estou com medo... — gemeu Terê.

— É sempre assim — acalmou Léo. — Deve ter caído um galho em algum fio. Daqui a pouco vem uma turma de emergência da Companhia de Luz e eles consertam.

— A esta hora? — duvidei.

— Você trouxe sua lanterna? — perguntou Elisa.

Estávamos no meio do maior breu, mas eu sabia que a pergunta era para mim.

— Não pensei que pudesse precisar — respondi.

— Não faz mal. Eu tenho uma vela e fósforos no meu castiçal, ali na mesinha de cabeceira.

Num instante, vimos o clarão de um fósforo se acendendo, mas apagou muito rápido. Nem deu tempo de chegar junto do pavio da vela. No escuro, a voz de Elisa reclamou:

— Esses fabricantes de fósforo estão abusando. Cada dia usam uma madeira mais vagabunda. É só a gente fazer um pouquinho de força para riscar e quebra logo...

Tentou de novo. A mesma coisa. Junto com a terceira tentativa, o clarão foi muito maior. Um relâmpago iluminou o quarto todo ao mesmo tempo. Achei que vi alguém parado junto da porta, mas a escuridão voltou muito depressa, não deu para ter certeza. Fiquei olhando naquela direção.

Antes do quarto fósforo, ouvi a voz trêmula de Terê:

— Está ventando tanto que a cortina da janela se soltou... Voou até a porta.

Lembrei que aquele quarto estava sem cortina. Mas não tive tempo de dizer nada. Elisa conseguiu acender a vela. E todos vimos.

Parada junto à porta, com uma roupa comprida branca e um lenço ou turbante claro na cabeça, pretinha e descalça como se tivesse saído de uma das gravuras de Debret, estava uma menina mais ou menos da nossa idade.

Bem nítida. Mas meio transparente.

4 Uma conversa esquisita

No primeiro momento, ficamos calados.

Depois falamos todos ao mesmo tempo:

— Quem é você?

— Como é que você entrou aqui?

— Ai, meu Deus do céu!

— Que é que você veio fazer no meu quarto?

A menina não respondeu. Nem se mexeu. Mas os olhos bem abertos nos percorriam de alto a baixo, examinando um a um, como se quisessem saber tudo sobre nós só com o olhar.

Elisa apertava meu braço com tanta força que quase me machucava. Mas quem ouvisse nem imaginaria, porque estava perfeitamente controlada quando perguntou, com o ar mais calmo do mundo:

— Algum problema? A gente pode ajudar?

Quem chegasse de repente e só escutasse a pergunta, até era capaz de pensar que ela estava se dirigindo à filha de algum hóspede, perdida pelos corredores no meio da tempestade. Uma menina que não fosse transparente nem estivesse vestida com aquela roupa branca e comprida, que até parecia fantasia de baiana ou mucama de escola de samba.

Mas a menina continuou como estava. Muda e quieta, de olhos esbugalhados. Parecia até estar tremendo um pouco.

Para ser sincero, eu devo dizer que estava com um pouco de medo. Não muito, porque achava que não acreditava em fantasma. E porque sabia que não estava sozinho: meus amigos estavam comigo e havia outras pessoas dormindo mais adiante, atrás de portas no mesmo corredor. Mas olhar aquela menina esquisita ali parada, inteiramente transparente, e distinguir a porta do outro lado dela, embora iluminada apenas com a luz fraca da vela... era mesmo de assustar qualquer um. Acho que só não fiquei com mais medo porque a coitada não tinha o menor ar ameaçador. Pelo contrário, parecia apavorada, muito mais assustada que nós quatro juntos.

Na certa Elisa teve a mesma impressão, porque disse:

— Não tenha medo. Ninguém vai te fazer nada de mau.

A menina mexeu ligeiramente a cabeça, como se estivesse dizendo que sim. Elisa continuou, fazendo apresentações, como se estivesse numa festa:

— Eu me chamo Elisa, este é meu irmão Léo, este é o nosso amigo Mariano... E aquela ali é a Teresa, que a gente chama de Terê... E você? Qual é seu nome?

A voz veio num sussurro tão fraquinho que a gente até duvidava de estar ouvindo mesmo:

— Rosário...

— Rosália? — repetiu o Léo.

— Não. Maria do Rosário…

Ah, a aparição falava… Conversava normal. Isso nos deixou mais tranquilos. Deu até para eu me animar e tentar continuar o papo. Perguntei:

— E como é que você veio parar aqui?

A resposta da menina foi nítida e transparente como ela:

— Eu moro aqui.

— Aqui? — repetimos os quatro, tão alto que ela ficou calada e não disse mais nada.

Durante alguns instantes, ficou um certo silêncio no quarto. Nós olhávamos para Rosário, ela nos olhava, mas ninguém abria a boca. Até que o Léo, sempre com suas tentativas de explicações racionais, teve a ideia de que ela talvez pudesse ser filha de um dos hóspedes:

— Seus pais estão passando o fim de semana aqui?

— Não.

E só. Mais nenhuma explicação. Mas estávamos todos ficando um pouquinho mais calmos. De minha parte, pelo menos, lembro muito bem que a essa altura já estava mais curioso do que assustado. Rosário era uma menina como nós, respondia a nossas perguntas e nem mesmo estava mais dando para a gente ver as coisas do outro lado dela. Eu já estava até achando que aquela sensação de transparência de antes tinha sido só um efeito do susto e da luz da vela, uma espécie de ilusão de ótica.

Mas mesmo assim, achei um exagero o que a Elisa fez. Num impulso de confraternização, estendeu a mão para a menina e convidou:

— Venha cá, não fique aí parada assim… Nós estávamos armando um quebra-cabeças, mas como houve um corte de energia não dá para continuar. O jeito é ficar conversando até a luz voltar. Só que a gente não precisa ficar em pé. Venha, pode sentar na minha cama.

Enquanto Elisa começava a falar, a outra olhava, com cara de quem não estava entendendo nada. Mas entendeu o convite final, para chegar mais perto. Não estendeu o braço, de volta, nem deu a mão a minha amiga, mas deu um passinho pequeno em direção a Elisa. Terê recuou, disfarçando mas ficando mais longe. De qualquer jeito, como se fosse uma dança em câmera lenta, fomos todos dando uns passos, bem devagar, e nos instalando nas camas. Rosário primeiro ficou de pé, mas como a irmã do Léo insistiu, ela acabou sentando na beiradinha do colchão.

Olhava tudo em volta, mas não dizia nada. De repente, sorriu e apontou:

— O castiçal de Iaiá….

Como se aquela conversa fosse a coisa mais natural do mundo, Elisa emendou logo um comentário:

— Pois é, eu encontrei no barracão e achei tão bonito… Estava quebrado, mas como os pedaços eram grandes e estavam todos por perto, eu achei que dava para consertar e colei. Não sabia que tinha dono. Mas se você quiser, pode levar e devolver para a Iaiá. Eu não quero ficar com nada dos outros.

— Pode ficar. Iaiá me deu… Agora é seu, eu não preciso.

Era um monte de informação ao mesmo tempo. Praticamente um discurso, ou uma história, se a gente considerar que a Rosário quase não tinha falado ainda (nessa altura a gente nem imaginava quanta coisa ela ainda ia ser capaz de nos contar). Ficamos curiosos, animados. Até a Terê criou coragem e perguntou:

— Quem é a Iaiá? É sua irmã?

A expressão do rosto da menina mudou, meio como se ela estivesse reprimindo um sorriso, ao responder:

— Vixe!... Nem diz uma coisa dessas... A Iaiá é a dona da casa. A dona boa. Filha do sinhô. Ele é que é mau. E a sinhá, que é a mãe dela, é...

Nunca chegamos a saber o que Rosário ia dizer. Porque nesse exato momento, ouviu-se um *cocoricó* vindo dos lados do galinheiro e aquela garota que estava começando a ficar à vontade, conversando com a gente ali no quarto, parou no meio da frase, foi ficando de novo parecida com a tal menina transparente do começo do encontro, e exclamou:

— O galo carijó!

E foi desaparecendo. Bem na nossa frente. Como se fosse feita de nuvem ou de fumaça que o vento espalha. Elisa ainda tentou protestar:

— Epa! O que está acontecendo? Você está indo embora assim, sem mais nem menos, de repente, no meio da conversa? Sem se despedir nem nada? É falta de educação, sabe?

Mas Rosário estava mesmo sumindo. Só ficou, por mais uns instantes, sua voz cada vez mais fraca, a dizer:

— Me chama outra vez que eu volto...

Bem que tentamos. Ficamos repetindo o nome dela em voz alta. Chamamos tanto que acordamos um hóspede, que gritou reclamando do barulho. A minha mãe apareceu para dar uma bronca e nos mandar dormir imediatamente. Mas Rosário não voltou.

5 Peças pretas, pintas brancas

Claro que não conseguimos dormir quase nada naquele resto de noite. Ou começo de dia, que com tanta coisa acontecendo, o tempo tinha passado sem a gente reparar. Os galos já estavam até começando a cantar.

Léo e eu tivemos que ir para o nosso quarto, e as meninas ficaram no delas. Mas o que atrapalhou nosso sono não foi a tempestade que caiu. Foram as lembranças da noite. Cada um conversava com o companheiro, relembrando aquele encontro estranhíssimo e tentando entender o que tinha acontecido.

Nunca levantamos tão cedo para o café da manhã. Estávamos loucos para poder ir para algum lugar onde ninguém nos ouvisse, e conversar à vontade. Queríamos sair e ficar sozinhos, mas ainda estava chovendo e tivemos que ficar dentro de casa

— o que significava ajudar as mães em uma porção de coisas, porque o que não faltava na pousada era trabalho.

Mas depois estiou. Assim que pudemos, fomos para a beira do rio e sentamos numa pedra grande e lisa, com uma espécie de banco na parte de trás, bem embaixo de uma árvore imensa. Ainda estava até meio molhada, mas era um lugar onde ninguém viria nos perturbar. E começamos a passar em revista a nossa aventura noturna.

Discutimos muito. O principal ponto de dúvida era saber se Rosário era um fantasma. Léo tinha opiniões definidas:

— Não pode ser. Fantasma não existe.

— Mas era transparente... — lembrou Terê.

— Só no começo, quando a gente estava vendo de um certo ângulo. Mas pode ter sido só uma impressão. Depois ela sentou na cama da Elisa e bateu papo normalmente, como todos nós.

— E como foi que sumiu de repente?

— Vai ver que ela tinha hora para chegar em casa... Ficou com medo da mãe brigar...

— E foi se desmanchando? — insistiu Terê. — Como se estivesse secando, que nem aquela poça ali?

— Sei lá, estava muito escuro, a gente pode não ter visto direito...

— E os barulhos que ouvimos antes? — lembrei.

— Bom, isso pode ter sido, por exemplo...

Antes que continuássemos por muito tempo nessa linha de discussão, Elisa cortou e mudou o foco da conversa:

— Vocês sabem o que eu acho? Nada disso tem a menor importância. Pode ter sido alma do outro mundo, espectro, ser de outro planeta ou alucinação coletiva, não faz a menor diferença. Fantasma ou não fantasma, todos nós vimos, todos nós conversamos com ela. E todos queremos encontrar de novo com a Rosário, não é mesmo?

— Se for fantasma, eu não faço assim muita questão... — confessou Terê.

— Pois eu faço, de qualquer jeito. Se não for alma do outro mundo, pode ficar amiga da gente. E se for, deve ter tido uma razão muito forte para aparecer por aqui. Temos que descobrir e ajudar.

— Bom, isso é verdade... — concordei.

Depois dessa constatação, combinamos que nessa noite íamos chamar a menina de novo. Mas não sabíamos como, porque já tínhamos tentado na véspera e ela não aparecera outra vez.

Quando fomos deitar, novamente nos reunimos no quarto das meninas. Ficamos olhando o quadro de Debret na parede.

— Se a saia dessa escrava aí não fosse azul, nem tão armada, acho que a roupa dela até era igual à da Rosário... —

comentou Terê, sempre atenta à moda, enquanto examinava a gravura. — Até mesmo o lencinho na cabeça é parecido. E o xale no ombro.

Era verdade. Parecia realmente.

— Vai ver, as duas compraram na mesma loja... — zombou Léo, sempre meio implicante com a Terê.

— Pelo amor de Deus, Léo, não começa... — reclamou Elisa. — Se a gente quiser mesmo descobrir um jeito de chamar a Rosário de novo, vamos ter que nos concentrar, em vez de ficar fazendo piadinha...

Mas não adiantou nada. Por mais que nos concentrássemos. Fizemos várias tentativas para chamar a menina, mas ela não veio.

Parecia até esses *shows* em que o cantor pede para a plateia cantar com ele.

Dissemos o nome dela em conjunto, o mais alto que podíamos sem acordar os hóspedes, e depois repetimos bem baixinho, murmurando, como se fosse um segredo. Ou uma reza. Nada.

Só as meninas chamaram. Nada.

Só Léo e eu. Nada.

Cada um isoladamente. Nada.

Ou ela era surda, ou só vinha quando queria. Ou então, tinha que ser com algum modo especial de chamar, e não estávamos acertando.

— Tem que haver um jeito, mas é que a gente ainda não descobriu. Uma forma de abrir essa passagem... — insistia Elisa.

— Uma espécie de senha para outra dimensão? Interessante... — comentou Léo. — Faz sentido.

Do outro mundo | 55

— Passagem? — repeti, meio sem entender ou sem querer entender. — Como assim? Para onde?

— E eu sei lá? Para o outro mundo, imagino…

— Ai, meu Deus!… — suspirou Terê.

Mas se tinha mesmo uma passagem, não encontramos, por mais que tentássemos. Elisa até lembrou que nós já tínhamos ouvido um choro de madrugada na outra noite, da primeira vez em que dormimos na pousada. Contamos para Léo e Terê aquela experiência anterior, eles ficaram impressionadíssimos — e meio chateados porque não tínhamos falado nisso antes. Até exageramos um pouquinho, para impressionar mais, falamos em vozes, pedidos de socorro…

Mas examinando em conjunto os dois acontecimentos, vimos que, nos dois casos, a iniciativa do encontro (se é que se pode chamar uns soluços de encontro) não tinha sido nossa. Tínhamos que nos conformar: podíamos receber essas visitas, mas não conseguíamos fazer um convite para que a menina voltasse. Quanto a ir até lá (lá onde?) visitá-la, isso estava fora de cogitação, evidentemente, nenhum de nós estava querendo deixar nosso mundo ou nossa dimensão, mesmo que fosse só para fazer uma visitinha e voltar logo — se conseguisse. Nem se pensou numa possibilidade dessas. Mas acho que fora isso, examinamos tudo. Conversamos muito, mas não surgiu nenhuma ideia brilhante.

Quando o fim de semana acabou, nos separamos com uma conclusão e duas propostas.

A conclusão: era muito mais difícil do que pensávamos, mas íamos continuar insistindo.

A primeira proposta: na sexta-feira seguinte, nos reuniríamos de novo no quarto da Vendedora de Folhas de Bananeira. A segunda: durante a semana cada um trataria de ver o que conseguia descobrir e que, de alguma forma, pudesse nos ajudar na tentativa seguinte.

Terê e eu, que morávamos em cidades, íamos pesquisar em bibliotecas ("e na Internet, Mariano, não esqueça", recomendava ela, que podia ser meio assustada em algumas coisas, mas era muito desenvolta em tudo que fosse tecnológico). Léo e Elisa agora estavam morando direto na pousada, só iam a Cachoeirinha de ônibus todo dia para ir à escola, mas tinham que voltar logo. Então não tinham tanto tempo disponível para pesquisas como nós. E como só havia um telefone no antigo sítio dos avós, enquanto não fosse instalado o PABX, eles não podiam usar o computador para ficar navegando na rede, porque a Vera fazia questão de que a linha ficasse livre. Mas os dois se encarregaram de tentar descobrir tudo que pudessem sobre o assunto por ali mesmo.

Na sexta-feira, quando finalmente nos encontramos sozinhos, comparamos nossas conclusões. Terê foi logo dizendo que não ia fazer sessão espírita para chamar alma de quem já morreu. Aliás, disse isso nuns termos estranhíssimos, como se tivesse ficado a semana inteira ensaiando um discurso:

— Pelo que andei pesquisando, há vários relatos de episódios desse tipo, mas em geral os espíritos se manifestam de modo independente da vontade dos vivos…

Devemos ter olhado para ela com ar de quem estava vendo (ou ouvindo) um fantasma. Mas acho que Terê tinha decorado aquilo, porque seguia em frente como se estivesse recitando:

— Em outras ocasiões, porém, e muitas vezes por motivos religiosos, há vários relatos de episódios diversos em que os vivos chamam a si a tarefa de se comunicar com o além e invocar os espíritos dos mortos. De minha parte, quero deixar bem claro que afasto essa hipótese completamente, não pretendo participar de cerimônias desse tipo, e peço que vocês me respeitem.

Suspirou e acrescentou, num tom de voz mais normal e palavras de todo dia:

— Por favor, gente, eu fiz essa pesquisa porque a gente tinha combinado, vocês são meus amigos e eu adoro vocês. Passei a semana lendo histórias de sessões espíritas, ou me informando sobre histórias de pajés e xamãs de tribos primitivas que entram em contato com o outro mundo. Mas, de verdade, eu não gosto nada dessa ideia. Se vocês querem mesmo ir em frente, tudo bem. Mas eu preferia que fosse num dia em que eu não estivesse junto. Numa noite que eu não dormisse aqui.

Rapidamente concordei com ela. Em parte por respeito a Terê: se era assim que ela se sentia, nós não tínhamos o direito de forçar. Mas confesso que admirei a coragem dela para dizer com firmeza o que estava sentindo. Porque, tenho que admitir, em parte eu também não me sentia à vontade, e concordava um pouco com ela. Porque estava muito dividido — aquilo não me entusiasmava, por mais que a curiosidade fosse uma tremenda tentação.

A reação dos outros dois, porém, foi bem diferente da minha.

— Ih, Terê, corta essa … — disse o Léo. — A gente combinou, agora não pode dar para trás. E não fique achando que só porque está falando difícil vai me enganar. Você está é se cagando de medo.

— Estou mesmo, e não é vergonha nenhuma reconhecer, nem quero enganar ninguém. Se vocês dizem que são meus amigos…

— Nós somos seus amigos, Terê, nem precisa duvidar — garantiu Elisa. — E se você não quiser participar, tudo bem. Acho bobagem, mas a gente deixa para outro dia. Por mim, eu prometo que não vou fazer nada que você não aprove.

Silêncio. Mas a promessa de Elisa desanuviou um pouco a tensão que tinha se armado com a sensação de que vinha uma briga. A própria Terê deu seguimento à conversa, perguntando:

— E você, Mariano? Descobriu alguma coisa em suas pesquisas?

— Bom… — respondi. — Minha linha de trabalho foi menos técnica, digamos assim. Eu não fui investigar como é que se faz para… obter essa comunicação, se podemos chamar desse modo. Eu me concentrei mais nos relatos ficcionais, quer dizer, nas histórias inventadas (ou contadas) por escritores sobre o assunto.

— Ih, gente, isso pega! — zombou Léo. — Pode parar de falar difícil você também, Mariano, e confessar logo que passou a semana lendo história de fantasma.

— Isso mesmo — confirmei, aliviado por poder voltar a falar do meu jeito natural, nem eu mesmo sabia por que estava imitando a Terê e me expressando daquele jeito. — E descobri uma porção de coisas interessantes. Por exemplo: se a Rosário é mesmo fantasma e apareceu por aqui, diante de nós, é porque existe alguma coisa importante para ela neste lugar ou em nós. Alguma coisa incompleta que não deixa que ela descanse em paz. E vai ficar insistindo, querendo voltar, até que isso se esclareça. E tem mais: se ela veio porque quis, fica muito difícil a gente trazer de volta apenas porque estamos querendo. Uma vontade nossa não basta, não é tão poderosa assim.

— Mas, afinal de contas, ela disse que a gente podia chamar… — lembrou Elisa.

Do outro mundo | **59**

Suspirei fundo e comuniquei minha conclusão:

— Então, nesse caso, pode ser que a repetição de circunstâncias semelhantes às daquela noite possa funcionar e ter esse efeito.

— Não deixa de ser científico. O princípio da causalidade. Às mesmas causas correspondem sempre os mesmos efeitos. Mas quais seriam essas circunstâncias? — perguntou Léo.

— Isso nós vamos ter que descobrir — respondi.

— Se a Terê estiver de acordo, e minha irmãzinha deixar... — disse ele.

— Tudo bem, com isso eu não me incomodo — garantiu Terê, o que não deixou de me surpreender um pouco. — Eu não quero é me meter em cerimônias que eu não entendo. Mas repetir as circunstâncias daquela noite é nossa vida normal. Até ela aparecer, a gente estava junto como sempre, curtindo, conversando, sem fazer nada esquisito. Não ligo a mínima se tiver que fazer isso de novo. Estou de acordo.

Foi minha vez de perguntar:

— E vocês? Descobriram alguma coisa?

— Eu acho que descobri quem é a Iaiá... — respondeu Elisa. — Perguntei a minha avó e ela disse que já tinha ouvido falar nesse nome, que Dona Iaiá foi uma senhora que morou aqui há muitos, muitos anos, no tempo do avô dela.

— Nosso tataravô... — explicou Léo.

— Essa Iaiá era da sua família?

— Também me passou essa ideia pela cabeça, mas minha avó disse que não. Que era da família dos antigos donos da fazenda, que nesse tempo era muito maior e não era nossa. Depois, gente, tem uma ótima, vocês nem vão acreditar. A minha avó disse que era até bom eu ter perguntado, porque essa Dona Iaiá era uma pessoa muito importante para todos nós e já era hora da gente ficar sabendo a história dela.

— Que história?

— Quando eu pedi para contar, ela só disse que era uma história muito comprida, e ela estava muito ocupada. Aí eu insisti, ela acabou prometendo que contava para todos nós mas no fim de semana, quando estivéssemos todos juntos.

— Então, pronto! — disse Terê. — Amanhã a gente cobra essa história da Dona Carlota.

— Eu também fiquei sabendo de umas coisas interessantes — disse Léo. — A principal é que o barracão era a senzala.

— O quê?

— Isso mesmo. Este anexo onde nós estamos, construído com a reforma do barracão, era justamente a antiga senzala, o lugar onde dormiam os escravos na época em que este sítio foi uma imensa fazenda de café, poderosa e rica, uma das maiores da região.

Acho que custei um pouco a processar as informações, porque fiz uma pergunta boba:

— Quer dizer que a sua família era rica?

Elisa respondeu:

— Tá desligado, Mariano? Não ouviu o que eu disse agorinha mesmo? Nesse tempo, a fazenda era da tal família da Iaiá, não era nossa.

— Mas se vocês compraram deles, é porque tinham grana... não é qualquer um que pode ficar dono de uma fazenda dessas de uma hora para outra.

— Se tínhamos, perdemos tudo — interrompeu Léo, impaciente. — E sem deixar marcas. Podemos deixar as finanças familiares de lado e voltar ao assunto?

Do outro mundo | **61**

— Claro, claro... — concordei, meio sem jeito.

Elisa continuou:

— Bom, se a gente juntar tudo isso, podemos encaixar algumas coisas.

— Como as peças de um quebra-cabeça — lembrou Terê.

— Ou de um dominó — disse eu.

Todos me olharam sem entender. Tive que tentar explicar porque falara naquilo.

— É que ontem, quando eu estava saindo da biblioteca, vi uns velhos jogando dominó na praça. Parei junto, fiquei olhando aquelas pecinhas pretas com pintinhas brancas e fiquei pensando que dominó é um tipo de quebra-cabeça, só que muito mais fácil. Em vez de encaixar as peças pelas formas, a gente emenda uma na outra de acordo com o número de pintinhas. Mas é o mesmo princípio.

6 O castiçal de Iaiá

Continuaram me olhando, como se eu estivesse meio maluco, falando numa coisa que não tinha nada a ver com aquilo. Talvez não tivesse mesmo. Ou eu não estivesse conseguindo explicar.

Não disse mais nada. Elisa prosseguiu:

— Tudo bem, Mariano, entendi. Vamos então armar o quebra-cabeça. Ou jogar dominó, se você preferir. Primeira peça: naquela noite, a Rosário disse que morava aqui. Segunda: o Léo depois descobriu que aqui era a senzala.

— E eu descobri que a roupa dela era parecida com a da escrava da gravura, então quer dizer que a Rosário deve ser uma escrava — acrescentou Terê, completando a dedução e acrescentando a terceira peça.

— Deve ou *devia*?

— Dá no mesmo.

— Não, não dá, não. Se *deve*, é porque ela está viva e ainda existe escravidão. Se *devia*, é porque ela viveu há muito tempo, e é um fantasma — insistiu Léo, com sua lógica implacável. — Nesse caso, a Terê não tem como fugir do fato.

— Então está bem, Léo. Achamos todos que a Rosário é um espírito, ou fantasma, de uma escrava que viveu aqui nesta senzala há muito tempo. Mas vamos continuar querendo nos comunicar com ela. Estamos todos de acordo? Você também? Ou continua dizendo que não acredita nisso?

O silêncio geral confirmava a conclusão. Elisa foi em frente:

— Essa Iaiá devia ser a filha do senhor de escravos, que era muito mau. Mas ela devia ser boazinha, ou amiga da Rosário, porque deu o castiçal de presente para ela… Certo?

— Certo! — concordei.

— E, de acordo com as pesquisas do Mariano, se nós quisermos encontrar com ela de novo, vamos ter que repetir as circunstâncias do primeiro encontro, certo? — disse Léo.

— Certo! — repeti.

— Mas que circunstâncias são essas? Vamos esperar uma noite de trovoada e relâmpagos, e ficar tentando armar o quebra-cabeça ali na mesa? E torcer para faltar luz e ficar escuro?

— Talvez, Terê. Vamos ter que experimentar…

De repente, me ocorreu uma possibilidade. Descobri outra peça que se encaixava:

— Pode ser que a gente não precise dos relâmpagos. Pode ser que baste apagar a luz.

— Então vamos ver… — decidiu Léo, desligando o interruptor.

Ficamos no escuro, esperando alguma coisa que não acontecia. Chamamos o nome de Rosário, mas o efeito foi nulo.

Do outro mundo | **65**

Até ouvimos alguns daqueles barulhos metálicos esquisitos, de cano estalando ou qualquer coisa assim. E uns gemidos ao longe, que não dava para distinguir se era uma coruja ou um gritinho de alguém.

Passou um arrepio pela minha espinha. Por mais que eu quisesse decifrar aquele mistério, não tinha muita certeza de que aquele era o caminho que devíamos escolher.

— Será que a janela ficou aberta? Senti um frio de repente… — disse Terê.

— Isso se chama calafrio — explicou a voz do Léo. — É sinal de cagaço…

— Não implica, Léo — ralhou Elisa.

— Deixa, Elisa, ele está certo. Deve ser medo mesmo… Acho que os cabelinhos do meu braço estão em pé… — insistiu Terê.

— E os dentes e os joelhos devem estar chacoalhando, pensa que não estou ouvindo o barulho?

Estávamos todos… Mas não parecia vir de onde a Terê estava.

No fim de algum tempo, ouvimos a sugestão dela:

— Será que você não podia acender a vela, Elisa? Pelo menos para a gente ver quem é que está batendo queixo, porque tenho certeza de que não sou eu…

— Claro, é isso! — exclamou Elisa. — Pode ser a peça que faltava. Temos que acender o castiçal de Iaiá. Da outra vez, a Rosário só apareceu com a luz da vela.

— Na certa é isso mesmo… — me animei. — Pensando bem, na outra noite, quando a gente só ouviu o barulho de alguém chorando, e eu vim com a lanterna pelo corredor, você disse que também tinha acendido a vela do castiçal, não foi?

— Claro! — concordou Elisa. — Bem lembrado, Mariano. Deve ter uma relação…

— Ainda mais agora que a gente sabe que o castiçal era dela... — continuei. — Na certa estava aqui desde aquele tempo. E era o único tipo de luz que eles tinham na senzala....

— Não — ponderou Léo. — Eles deviam ter era outra coisa: fogueirinhas ou braseiros, lamparinas de lata com óleo de baleia, velas em garrafas... Esse castiçal é de louça inglesa, coisa fina, importada, não devia ficar por aqui.

— Mas já sabemos que depois ficou sendo da Rosário, que a Iaiá deu...

— Claro, Terê, só estou é dizendo que, em geral, a iluminação aqui devia ser de outro tipo...

— Mas o efeito devia ser o mesmo. Acho que, com toda certeza, o tipo de claridade que esta vela nos dá devia ser muito parecido com a que havia por aqui nas noites da senzala, no tempo da escravidão... — disse eu. — Quer dizer, a gente não está só repetindo o que aconteceu conosco na outra noite. Mas, de certo modo, estamos também fazendo uma ponte com o ambiente do tempo em que a Rosário viveu.

A discussão não foi mais longe porque nesse instante Elisa riscou um fósforo, que logo se apagou. Ficamos todos atentos. Os barulhos tinham cessado por completo. No clarão do segundo fósforo, deu para acender o pavio. A chama da vela tremeu um pouco, mas depois se aprumou, ficou firme, iluminando bastante. Ninguém estava batendo queixo nem fazendo qualquer barulho.

Lá fora no corredor, sim, havia alguns ruídos que não identificamos. Mas logo cessaram.

A porta rangeu e se entreabriu.

Devagarzinho, Rosário veio entrando. Deslizava, como se os pés descalços patinassem no chão. Mas não atravessou paredes nem surgiu do nada. Entrou pela porta, como qualquer pessoa normal. Nem mesmo estava transparente. A única coisa que mostrava que não era tão normal assim, uma coisinha só, pouca coisa, coisa de nada mesmo, era que Rosário não tinha sombra. Lembro que reparei bem, e fiquei dizendo para mim mesmo que não precisava me arrepiar, isso não tinha a menor importância. Pelo que está nos livros, Peter Pan também não tinha sombra e era um companheirão de aventuras... Mas de qualquer jeito, eu não conseguia tirar os olhos da parede, como se estivesse vendo um filme num telão. A luz da vela projetava as silhuetas de nós quatro. Mas passava através da menina. Enfim, o que se podia fazer? Ninguém é perfeito...

Pelo menos, dessa vez ela não estava calada nem olhando espantada. Foi logo cumprimentando:

— Boa noite!

Respondemos quase juntos, mais ou menos ao mesmo tempo. E logo começamos a conversar.

7 Feijão com arroz

— Nossa Senhora, como vocês demoraram! Pensei que nunca iam conseguir me trazer de novo…

— Calma, Rosário, a gente não sabia como é que devia fazer. Você não explicou. Foi por isso que levamos tanto tempo, não precisa ficar impaciente — explicou Elisa.

— Com toda certeza você também não ia ter muita paciência se estivesse no meu lugar. Nem sei quantos anos ou séculos fiquei vagando pelo meio dessas paredes queimadas, assoviando e tentando chamar alguém. Mas tinha que ser de noite e ninguém dormia aqui. Há muito tempo, quando vieram uns homens consertar umas paredes e fazer esse telheiro, eu até me animei. Mas eles iam embora antes de escurecer. E eu ficava chamando à toa. Quero ver se você ia ter paciência se depois de levar tanto, tanto tempo esperando, achasse que ia conseguir finalmente falar com alguém e, mal começasse, essas pessoas sumissem.

— Desculpe, Rosário, mas quem sumiu foi você. E de repente... — contestou Terê, pela primeira vez se dirigindo diretamente à menina.

— Foi por causa do galo. Ainda mais, sendo carijó. Depois que o carijó canta anunciando o dia, não dá mais para ficar. Vocês pensam que é fácil ficar de lá para cá a toda hora? Um passeio, uma caminhadazinha de nada, assim como se eu fosse com uma talha na cabeça buscar água na fonte?

— Um talho na cabeça? Você se cortou? — repetiu Terê, que não conhecia muito bem coisas que não fossem da cidade.

— Uma talha, sua boba, um pote de barro grande... — explicou Elisa, agora meio impaciente com a amiga. — Não interrompa. A gente já viu que tem pouco tempo. De repente o galo canta e a Rosário tem que ir embora outra vez...

Mas não foi tão pouco tempo assim. Deu para conversar a noite toda. E à medida que íamos perdendo o medo e deixando a curiosidade falar mais alto, perguntávamos tudo o que queríamos. Ficamos sabendo de muitas coisas.

Nossas deduções estavam certas. A tal Iaiá era filha do dono da fazenda, um certo Sinhô Peçanha, e a Rosário tinha vivido lá no tempo da escravidão. Só que, a rigor, não tinha sido escrava mesmo, porque nasceu depois da Lei do Ventre Livre. Mas isso era só uma questão técnica. A mãe dela era escrava, e o dono da fazenda dizia que não ia ficar sustentando filho de cativo, de graça. Então os bebês nasciam, e como a lei dizia que eles tinham que ser livres, o senhor ameaçava abandonar no mato para as feras ou afogar no rio, para não ter de gastar com o sustento. As mães imploravam para que ele deixasse ficar, e ele concordava... em troca da promessa do futuro trabalho da criança. Ficava tudo como antes, só que os moleques escravinhos ainda "deviam favor" ao patrão. E como não podiam ser eventualmente vendidos um dia e dar lucro, eram ainda mais maltratados do que os escravos de antes, porque não era necessário garantir o que se poderia chamar de "manutenção do patrimônio", para usar a expressão que o Léo empregou quando entendeu o funcionamento do sistema.

— Com a minha avó Galdina aconteceu a mesma coisa... — contou Rosário. — Fizeram uma lei que proibia velho de ser cativo. Aí, quando ela fez sessenta anos, o Sinhô Peçanha disse que ela não era mais escrava, e por isso ele não tinha que dar comida nem lugar para ela morar. E soltou ela no mato. Vó Galdina se escondeu, voltou no dia seguinte, foi mais a filha falar com a Sinhá. A velha chorou muito, minha mãe implorou, no fim o sinhô acabou concordando em deixar que ela ficasse e pudesse comer, em troca de continuar trabalhando.

— Absurdo... Vendeu a liberdade por um prato de feijão com arroz... — comentei.

— Ou garantiu a sobrevivência a qualquer preço — disse Léo.

— Que horror! — exclamou Terê, tão sentida que eu até achei que ela ia esquecer completamente o medo de fantasma e fazer um carinho na Rosário, mas não chegou a tanto.

— Então isso foi acontecendo com todos os escravos? — quis saber o Léo.

— Aqui na fazenda, com quase todos. Um ou outro, principalmente entre os homens, resolvia sair quando fazia sessenta anos, e ir tentar um trabalho pago na cidade. Só que a gente nunca mais ouvia falar deles, e não sabia se tinha dado certo. Mas a maioria ficava mesmo, implorando, pelo amor de Deus, para continuar cativo. Ou sumia no mato. A Joana falou que em outras fazendas, às vezes eles podiam ficar morando numa casinha e cuidando de uma roça numa terra do sinhô, dando para ele a metade do que colhessem. Mas por aqui, Sinhô Peçanha não deixava.

— Quem era a Joana? — perguntou Elisa. — Era a filha do senhor?

Dessa vez, Rosário sorriu mesmo. Um sorriso calmo, de quem estava lembrando alguma coisa feliz. Dava para ver que ela era uma garota bonita, quando perdia o ar assustado da outra vez. Tinha uns olhos grandes, muito vivos (esquisito dizer isso de uma morta, mas era verdade...), e o sorriso dava mesmo a ela um aspecto muito interessante. Talvez não fosse lindíssima, mas era bem bonita. Ainda mais assim, com lembrança boa e olhar sorridente.

— Não, a filha do sinhô era Iaiá. A Joana era minha melhor amiga. Uma amiga maravilhosa! Era filha do Zé Caboclo, um barqueiro que morava do outro lado do Rio Pardo e cuidava das travessias. Quando alguém precisava atravessar, ia até o cais, e tocava um sino, ele vinha buscar numa balsa ou na canoa. Não dava para ninguém ir nadando, se estivesse levando alguma coisa, porque molhava tudo. E por aqui não tem vau, só mais para cima, onde o gado cruzava a água. Também, tinha que ser muito bom nadador. Vocês sabem como o rio é largo. E na época das chuvas ficava muito fundo, e a correnteza forte carregava qualquer um. O jeito era atravessar mesmo de canoa ou balsa. Por isso o Zé Caboclo era tão importante para todo mundo. Só gente muito rica e poderosa, que nem o Sinhô Peçanha, tinha seus barcos e remadores, e não precisava dos serviços dele.

— E a ponte? — perguntou Léo.

— Que ponte? — estranhou Rosário. — Aquela pinguelinha? Você está fazendo confusão... Ela fica no Rio das Pedras, não é no Rio Pardo...

Estávamos descobrindo que naquele tempo ainda nem existia a Ponte Velha do Rio Pardo (achávamos que era tão antiga que devia estar ali desde sempre).

Mas Rosário continuava falando da amiga.

— A Joana mais o irmão dela, o Bento, eram as únicas crianças das redondezas que não eram escravas nem tinham escravos. Bem que trabalhavam quase feito a gente, ajudando em casa. Mas também tinham tempo livre e podiam brincar. De vez em quando vinham até a senzala conversar. O sinhô não gostava. O feitor brigava com eles e batia na gente. Então às vezes a gente ia se encontrar no mato. Ou na beira do Rio das Pedras, num lugar onde tem uma sapucaia grande por cima de uma pedra lisa e rajada, com uma espécie de prateleira embaixo, boa de sentar e ficar escondido...

— Sei onde é — disse Léo.

— A gente também gosta de ir lá... — completou Elisa.

— Pois então, era lá que a gente se encontrava quando podia. Às vezes, só a Joana e eu. Às vezes iam também o Amaro, meu irmão caçula, e o Bento, irmão dela. Mas nos últimos tempos, a gente quase não ia mais. Porque a Joana e o Bento estavam fazendo uma coisa muito perigosa, e nós dois estávamos ajudando. Ninguém podia desconfiar. Então, não queríamos que ninguém nos visse juntos, assim os quatro... Podia dar muita complicação e uma surra daquelas, de arrancar o couro, a gente nem podia pensar nisso... E o pior era que podia estragar o que a gente estava fazendo.

Ficamos curiosos. Que perigo seria aquele? Fizemos uma porção de perguntas. Foi até engraçado o jeito da Rosário contar isso. Por um lado, não queria falar de modo algum. Como se tivesse a boca trancada. Por outro, deu voltas e mais voltas, dizendo que precisava nos contar, que essa era uma coisa que nós precisávamos saber. Para entender e poder ajudar. Mas levou muito tempo sem conseguir dizer o que era. Até que finalmente, aos poucos, respondendo às nossas perguntas, foi revelando o segredo.

Essa época de que ela estava falando já era bem no final da escravidão. O tal Sinhô Peçanha não conseguia comprar escravos novos, porque o tráfico fora proibido e o contrabando estava sendo reprimido. Estava tendo dificuldades com mão de obra, enfrentando problemas econômicos, e tivera que diminuir o número de empregados que tomavam conta dos escravos. Então, volta e meia, algum deles conseguia fugir. Nessas fugas, o melhor meio de se afastar dali depressa era descer pela margem do Rio das Pedras para depois escapar pelo Rio Pardo. Aí é que entravam os amigos de Rosário.

O Zé Caboclo tinha feito uma canoa nova e quase não usava mais a velha, que ficava em terra, debaixo de uns galhos na margem. Então, quando ia haver uma fuga, Rosário ou Amaro davam um jeito de comunicar aos amigos. Era um sistema complicado, tinham que pendurar um pano num arbusto na beira do rio, como se estivessem lavando e pondo para secar... Arriscado, porque em geral ninguém ia tão longe para lavar roupa, e num rio barrento, quando se tinha o Rio das Pedras, clarinho, ali perto. Mas com isso, os filhos do barqueiro viam o sinal, ficavam sabendo e então iam esperar por um deles na tal Pedra da Sapucaia, toda tarde, de duas às quatro, até que eles conseguissem dar uma escapada e aparecer por lá. Nesse encontro, combinavam a noite e o lugar em que Joana e Bento deixariam a canoa escondida do lado de cá do rio para o fugitivo usar, e o lugar onde quem escapasse deveria deixar a embarcação depois para eles irem recolher.

Do outro mundo | **75**

Em linhas gerais, era esse o esquema. Já tinha havido umas três fugas — uma delas de uma família inteira — e o sinhô estava cada dia mais furioso e violento. Se ele desconfiasse da verdade, mandava matar Rosário e Amaro.

— Matar? — Terê mal conseguia acreditar.

— Matava mesmo. O sinhô era muito malvado. Vocês nem imaginam quanto... — suspirou ela. — Nem sei se eu vou ter coragem de contar.

— E além do mais, pelo jeito podia exercer essa maldade sem problemas: tinha todo o poder, e sabia que não ia ser castigado por ninguém... Essas coisas todas, claro — completou Léo. — Na certa podia até argumentar que tinha a lei do lado dele.

Começamos a comentar sobre os horrores da escravidão. Rosário contou que ela e a mãe já tinham nascido na fazenda, mas a Vó Galdina ainda era criança quando tinha sido apanhada a laço na África, por uma tribo inimiga, amarrada e levada para o litoral, onde fora vendida a um traficante. Falou dos horrores da travessia do mar no porão do navio, todo mundo amontoado, adoecendo, mal tendo espaço para se mexer, no meio de uma sujeira danada, e um fedor incrível de vômito, mijo, suor, fezes, feridas infeccionadas, tudo misturado. Pulgas, baratas, piolhos, parasitas de todo tipo, ratos passando de um lado para o outro. Grande parte dos prisioneiros não aguentava e morria na travessia, os corpos eram jogados no mar. Para não falar dos maus tratos... Vó Galdina também contou que depois, quando chegavam no Brasil, eles eram levados para um mercado e "enfeitados" antes de serem vendidos. Quer dizer, podiam tomar banho, se pentear, e os piolhos eram catados, para não desvalorizar a mercadoria. Na hora do leilão, eram oferecidos e examinados que nem bicho. Muitas vezes até sem roupa. Os compradores davam palmadinhas para testar os músculos deles, levantavam seus beiços para examinar as gengivas e os dentes, beliscavam... As famílias eram separadas, cada um era comprado por um dono diferente, na maioria das vezes não se viam nunca mais.

Não posso falar pelos meus amigos ali ao lado, mas eu ia ouvindo aquelas coisas e morrendo de vergonha de ser branco e brasileiro. Já tinha estudado sobre a escravidão no colégio. O que Rosário estava contando não era exatamente nenhuma novidade. Mas me deixava com uma revolta, que nem dá para explicar. Como é que a gente pode aguentar isso, de ter tanta raiva de uma coisa e não poder fazer nada? Aquilo era um horror, impossível imaginar algo mais terrível, só se comparasse com aquelas atrocidades dos campos de concentração na Segunda Guerra, por exemplo. Pensar que uma crueldade dessas era obra de seres humanos, gente como nós, era e é uma ideia insuportável.

Acho que nós quatro estávamos com sentimentos parecidos. Porque de repente a Terê se levantou aos prantos, sentou na outra cama bem ao lado da Rosário, e passou o braço pelo ombro dela, sem dizer nada. Nossa nova amiga se aninhou nela, e começaram as duas a chorar, abraçadas. Imediatamente reconheci os soluços e gemidos que tínhamos ouvido antes, na escuridão. E entendi do que se tratava. Dor entranhada nas paredes da senzala, transpirando em lágrimas que escorriam pela alma, como se gritasse para que aquela memória não se perdesse e nada daquilo jamais pudesse voltar a se repetir.

Não sei quanto tempo ficamos calados, um a um se juntando ao choro. Até mesmo Léo e eu, não tenho vergonha nenhuma de dizer.

De repente, ouvimos o canto do galo.

— O carijó!... — exclamou Rosário.

Foi ficando cada vez mais tênue, como se estivesse se evaporando. Em poucos segundos, diante de nossos olhos, ficara apenas Terê numa posição muito esquisita, como se estivesse abraçada com o ar. A outra tinha desaparecido.

Acho que foi nessa hora que comecei a pensar em contar para mais gente aqueles encontros. Para que não desapareça a memória do que Rosário contou. E nunca mais aquilo se repita.

Mas não pensei que ia ser por escrito. Nem que a Elisa ia me ajudar tanto, fazendo revisão, dando palpite, usando as coisas que ela aprendeu nas leituras. Por isso é que eu estou conseguindo.

8 *Preto no branco*

Levantamos tardíssimo no dia seguinte, porque só tínhamos começado a dormir quando o sol já estava nascendo. E tivemos muito o que ajudar na pousada, porque vieram muitos hóspedes nesse sábado e a toda hora a Vera ou minha mãe nos pediam para fazer alguma coisa.

Lá pelo fim da tarde, eu estava sentado num banco da varanda prendendo um anzol numa linha de náilon, que antes já amarrara num caniço. Fazia uma varinha de pesca para os filhos pequenos de um hóspede, que queriam ver se pegavam uns lambaris no dia seguinte. Elisa chegou perto, sentou-se numa cadeira de vime ao meu lado e comentou:

— Está todo mundo tão ocupado que, pelo jeito, minha avó não vai poder contar a história hoje.

Olhei para minha amiga meio espantado. Tanta coisa acontecendo e ela querendo histórias da vovó?

— A história da Iaiá, que ela prometeu, não está lembrando? — explicou.

Claro, como é que eu podia ter esquecido uma coisa dessas? Na certa porque tinha passado o dia com a cabeça cheia, remoendo na memória todas as coisas que Rosário tinha contado. Nem lembrei que ainda havia a perspectiva dessa história pela frente.

Mas Elisa tinha razão. Nesse dia não ia ser possível. Mais tarde, quando procurou Dona Carlota para lembrar da promessa, só conseguiu ouvir um adiamento:

— Amanhã, meu coração, amanhã... Hoje não vai dar. Amanhã é domingo, a maioria dos hóspedes não fica para dormir. Depois do lanche, antes de vocês irem para a cama, a gente se senta na varanda e conversa. Pode deixar que eu não esqueço, estou mesmo querendo contar. Você e Léo precisam saber.

Nem dava para ficarmos chateados. Tínhamos outra programação tentadora à nossa espera — um novo encontro com Rosário. Isto é, se ela viesse. Mas agora já tínhamos aprendido a chamar.

E ela veio.

Estava ficando cada vez mais simples. Tínhamos aprendido. Como ela queria vir, ficava rondando quando anoitecia. Mas não precisava mais gemer nem chorar, porque agora nós conhecíamos o poder do castiçal de Iaiá, que a própria Rosário usara tantas vezes, há tanto tempo, naquele mesmo lugar.

Depois que todos iam dormir e a pousada ficava totalmente silenciosa, nós nos reuníamos no quarto da Vendedora de Folhas de Bananeira, apagávamos a luz e acendíamos a vela. Ficávamos em silêncio, totalmente concentrados, cada um pensando com muita força em como desejávamos que Rosário viesse. A esta altura — e já tínhamos conversado sobre isso — já nem era mais por curiosidade apenas. Estávamos solidários. Queríamos poder colaborar, de alguma forma que não sabíamos qual era. Mas sabíamos que existiria e iríamos encontrar. A própria Rosário já tinha falado nisso, mencionado que precisava nos contar tudo aquilo, para que pudéssemos ajudar. Mas para isso, ainda faltava que soubéssemos alguma coisa. O fim da história.

— Muito pior do que tudo. Um verdadeiro inferno — anunciara ela na véspera.

E quando um fantasma diz uma coisa dessas, a gente tem que acreditar...

Nessa noite ficamos sabendo. E não havia como não concordar com Rosário. Inferno, de verdade.

— O que eu vou contar hoje é a história do fim... — começou ela.

— Do fim da escravidão? — perguntou Léo.

Rosário passeou os olhos por nós quatro antes de responder, um pouco como tinha feito na primeira noite antes de começar a falar. Como se estivesse examinando, testando se podia contar aquilo. Se nós merecíamos a confiança. Ou se nós aguentávamos a verdade.

Depois disse:

— A história do meu fim. De como eu morri.

Nunca pensei que podia ouvir esse verbo assim, conjugado na primeira pessoa e no passado, sem que fosse para alguém falar no sentido figurado — *morri de rir, morri de medo, de vergonha, de susto*, essas coisas que a gente diz. Na boca de

Rosário, essa palavra tinha um sentido literal, como um dia vai ter para cada um de nós, se a gente puder viver a experiência dela e falar disso depois no passado.

Sei lá, estou ficando confuso. Mas não é fácil, ainda mais para quem nunca leu e escreveu muito. Tenho certeza de que ouvir a menina dizendo "morri", assim com essa naturalidade, me deu um calafrio daqueles. Talvez por ter entendido de repente a intensidade daquela experiência que estávamos vivendo, ao conversar com uma morta. Talvez por ter percebido que é isso mesmo, a morte é só um outro lado da vida, tudo que vive morre um dia. Mas a gente não gosta de pensar na morte, de admitir que ela virá também para nós e todas as pessoas que a gente ama....

Enfim, não sei explicar, mas sei que fiquei perturbadíssimo. Por isso nem me meto a tentar reproduzir direito as palavras de Rosário em seguida, como tenho feito até aqui. Ou, pelo menos, procurado fazer, com a maior fidelidade possível. Mas agora não sei se consigo. Talvez mais para o final da história não dê mesmo, e então vou só resumir o que ela contou. Estou deixando muita coisa para a Elisa me ajudar numa revisão. Isso que você (ou vocês, nunca sei) está lendo já vai ter passado pelas mãos dela. Mas não sei se nós dois — mesmo juntos — vamos ter capacidade de contar. Só sei que o início foi mais ou menos assim:

— A gente devia ter desconfiado. Aquele dia já começou diferente. Não por alguma coisa que tivesse acontecido, mas por um nervosismo no ar, muito forte...

Para ver se disfarçava meu próprio nervosismo, ou mal-estar, ainda perguntei:

— Como assim?

Do outro mundo | **83**

— Como dia de tempestade, antes da ventania chegar e da chuva cair. Só que sem tempestade, entende?

A gente entendia.

— ... Bom, desde cedo Amaro e eu sabíamos que era um dia perigoso, mas não é disso que eu estou falando. Era perigoso porque o Doroteu, que era um cativo que trabalhava na colheita do café e tinha levado uma surra feia, achou que não aguentava mais e preferia arriscar o pior. Quer dizer, tinha resolvido fugir e marcado para essa noite, porque não ia ter lua. Já estava tudo combinado. Mas o feitor tinha desconfiado de alguma coisa e na véspera nós vimos que ele estava examinando com muito cuidado a margem do Rio Pardo, bem perto do lugar para onde Joana e Bento tinham combinado de trazer a canoa velha. Então, Amaro conversou com Doroteu e resolveram que meu irmão ia tentar avisar os filhos do barqueiro para mudar um pouco os planos e deixar o barco em outro lugar. Mas não sabíamos se ele ia conseguir. Então já estávamos muito nervosos por causa disso.

Até mesmo enquanto contava, Rosário parecia um pouco assustada, se sobressaltando com qualquer ruído do vento lá fora, estranhando qualquer troca de olhares entre nós. Fomos nos contaminando com aquele clima e ficando também um pouco tensos.

— Pouco depois de Amaro sair e se embrenhar na Mata Livre, que era como ele gostava de chamar o mato que ficava entre a senzala e o rio, quem apareceu por ali foi Iaiá. Ela nunca vinha para aqueles lados. Quando queria qualquer coisa, costumava mandar um recado e nós cumpríamos as ordens. Nesse dia, não. Veio em pessoa. Chegou de repente, com ar alegre e meio saltitante, toda bonitinha em seu vestido enfeitado com rendas, como se fosse uma boneca, de sombrinha clara para proteger do sol, e tudo...

Rosário fez uma pequena pausa, olhando por cima de nós como se não nos enxergasse. Suspirou. Talvez quisesse lembrar melhor, ou estivesse procurando as palavras mais exatas para contar o que lembrava — agora que também estou me metendo a escrever, sei como isso pode ser difícil. Mais tarde, o Léo me disse que nessa hora teve a sensação de que éramos nós que estávamos ficando transparentes para Rosário, e ela enxergava através de nós, olhava a parede, e na verdade não nos via. Não sei mesmo. Elisa acha que ela estava apenas se examinando por dentro, lembrando, contemplando alguma coisa dentro de si. Terê garante que ela estava era olhando para a gravura de Debret pendurada atrás de nós, como se procurasse uma sombrinha ali para nos mostrar como eram as modas daquele tempo. Não sei, já disse. Só sei que foi uma pausa esquisita, diferente de quem está só tomando fôlego no meio de uma conversa. Depois, ela continuou:

— Todo mundo estava trabalhando. Os homens estavam no terreiro do café, que já tinha sido colhido, tinha secado e ia ser levado para torrar. As mulheres tinham ido para a casa-grande ou para a beira do rio lavar roupa, ou dar comida à criação, cada uma nos seus afazeres. Eu devia estar com elas, mas fingi que tinha esquecido uma coisa e inventei um pretexto para ficar para trás, mais um tempinho por perto da senzala, porque estava preocupada com o Amaro... Ai, meu irmão pequeno, coitado!, ele só tinha nove anos, e estava embrenhado na Mata Livre, tentando fazer uma coisa tão arriscada...

Talvez fosse isso. Vai ver que a pausa de Rosário tinha sido de tristeza, com saudade do irmão.

— E a Iaiá? — perguntou Elisa, com um jeito meio carinhoso, e eu achei que era para distrair a Rosário das lembranças tristes.

— Bom, isso é que foi o mais incrível — respondeu ela com um suspiro. — A Iaiá tinha vindo ali para falar comigo, já imaginou?... Ela era boazinha, às vezes brincava comigo, me dava umas coisas, e sempre que podia defendia a gente quando o pai brigava. Mas raramente se aproximava da senzala. Pois nesse dia, ela tinha vindo especialmente para me contar uma novidade. Uma coisa inacreditável. Quer dizer, a gente já tinha ouvido uns rumores falando sobre isso. Mas eu não podia imaginar que ia saber com aquela certeza, e antes dos outros. Os escravos que trabalhavam na casa-grande, e serviam a mesa, por exemplo, iam escutando uns pedaços de conversa quando aparecia visita, essas coisas... E tinham contado na senzala que todo mundo estava falando muito em abolição, no fim do cativeiro, parecia que dessa vez era até capaz de acontecer mesmo... Pois o que a Iaiá viera contar era que o viajante que pernoitara ali na véspera tinha dito que lá na capital, quase dois meses antes, uma tal princesa tinha assinado uma lei e ninguém mais podia ter escravo. O Sinhô Peçanha discutiu com ele, disse que aquilo não valia, que quem governava era o Imperador, que mulher nenhuma ia mandar nas propriedades dele, umas coisas assim... Depois, Iaiá contou que o homem riu. E disse que, se o pai dela não respeitasse a ordem e a lei, ia ficar era sem nada. Porque escravo ele já não tinha mesmo mais nenhum, só achava que tinha, mas que na verdade todo mundo já era livre. E ainda ia acabar perdendo as terras, o cafezal, as casas, e, por cima de tudo, se arriscava a ir preso se não obedecesse logo e soltasse todo mundo, porque o Imperador estava de acordo com a princesa.

— Claro, a Princesa Isabel... A lei Áurea... — dissemos nós, que tínhamos estudado História. — Era isso mesmo.

— Mas aqui neste fim de mundo, a gente não sabia se era verdade — continuou Rosário. — Por isso, Iaiá disse que Sinhô Peçanha tinha mandado o feitor sair, de noite mesmo, e ir a cavalo até uma vila mais distante, para saber exatamente o que podia ter acontecido e que conversa era aquela. Quando eu ouvi isso, tão boba, a primeira coisa que pensei era que não podia ser verdade, era bom demais. E logo vi outra coisa: se o feitor estava longe, Amaro corria menos perigo. Meu coração batia com tanta força que parecia que ia sair pela boca. Era uma mistura de medo com a maior felicidade que eu já tinha sentido na vida. Nunca mais ser cativo, já imaginaram?

Bem que eu tento, mas desconfio que não consigo mesmo. Para dar todo o valor da liberdade talvez a pessoa tenha que saber bem o que representa viver sem ela. Escravidão é um horror tão grande que não dá nem para imaginar. Só quem já passou por isso.

Mas Rosário foi continuando a falar. Disse que Iaiá contou a ela que, ainda havia pouquinho, o feitor tinha acabado de voltar, confirmando a notícia que o viajante dera na véspera, e dizendo até que as pessoas na vila caíram na gargalhada quando souberam que Sinhô Peçanha ainda achava que tinha escravos. Estava a maior confusão na casa-grande. O pai dela gritava, batia portas, quebrava coisas, chicoteava os móveis, ameaçava fazer e acontecer... E mandara reunir todos os cativos na senzala, para dar a notícia. Ouvindo isso e aproveitando que estavam todos lá dentro distraídos, Iaiá tinha corrido para contar logo a boa nova para a amiga... Mas dava para ver que os outros já estavam começando a saber, a novidade se espalhava. Lá vinham eles, correndo de todo canto, largando para trás as ferramentas, cantando, rindo, dançando, batendo palmas. Umas mulheres enxugavam as mãos no avental, uns homens jogavam o chapéu para o alto. Todo mundo se abraçava... Era uma festa! Num instante já estava todo mundo ali no terreiro em frente à senzala, falando ao mesmo tempo, rindo sem parar. Quando o feitor chegou, não faltava ninguém, só Amaro. Mas ele nem reparou, que no meio daquela confusão não estava mesmo dando para contar as cabeças.

— Então ele falou assim: — continuou Rosário — que o cativeiro tinha acabado e que Sinhô Peçanha precisava conversar com todo mundo, para explicar como que ia ser daí para a frente, falar de indenização, essas coisas. Queria que todo mundo entrasse na senzala, para ele não ter que ficar gritando do lado de fora, o som se perdia no vento, lá dentro era melhor de se ouvir o que ele ia dizer. A gente foi entrando, todo mundo feliz. Quando entrou o último, o feitor trancou a porta e pôs uma trava enorme pelo lado de fora, feita com uma viga forte. Não dava pra sair. Estava um breu danado lá dentro, e todo mundo foi calando. Ficou um silêncio esquisito...

Aí é que chega a parte mais difícil de contar, e eu vou passar meio rapidamente pelos detalhes, porque não aguento mesmo. Porque o que a Rosário contou começava com esse silêncio na escuridão e depois continuava com uma voz. A voz de raiva do Sinhô Peçanha, gritando e esbravejando do lado de fora. Berrava que não podiam fazer aquilo com ele, que o governo não tinha esse direito, que não podiam acabar com seu patrimônio de uma hora para outra, que ele levara muitos anos construindo aquilo, ajudando a fazer a riqueza do país, que pagara muito caro e agora estava perdendo tudo sem ao menos receber uma indenização, umas coisas assim... Acho que, se fosse hoje em dia, era capaz até em falar em direitos adquiridos, como a gente vê no jornal cada vez que um grupo quer defender seus privilégios.

Mas isso é comentário meu. Desculpe, não devia me meter. Mas é que eu estou me desviando, querendo ver se adio o que vem por aí. O que eu não quero contar, o que eu prometi contar, o que não dá para contar.

Porque então os escravos, trancados no escuro lá dentro da senzala, ouviram a ordem:

— Pode jogar o óleo!

Em seguida sentiram o cheiro. E logo sentiram o calor, viram o clarão do fogo, ouviram os estalos das chamas que se espalhavam, que se alastravam rapidamente, subiam pelo telhado de palha, despencavam em cima deles. Já que não podia continuar a ter escravos, Sinhô Peçanha preferia tocar fogo em tudo. Queimar todo mundo vivo. Para que, pelo menos, a liberdade não fosse uma festa e ele não tivesse que encarar os olhares dos pretos livres.

Mas Rosário não explicava isso, não dizia nada que pudesse parecer discurso, artigo no jornal, aula de História. Com o olhar perdido no vazio, as lágrimas escorrendo pelo meio dos soluços, o espírito da menina só contava as sensações. O calorão, a correria, o atropelo, os gritos, a dor.

De verdade, nem sei direito o que foi que ela contou mesmo, ou o que foi que eu imaginei. Principalmente, não sei o

que foi que eu nem consegui imaginar, mesmo ela contando. Digamos que a cena tenha sido assim: primeiro foi a escuridão, com o cheiro de óleo, muito forte. Depois, quase ao mesmo tempo, um calor muito intenso chegando e os estalos do fogo pegando em tudo o que estivesse no caminho. Mas tem coisas que eu não sei, não lembro, ou talvez nem mesmo a Rosário tenha contado. Falando francamente, não sei se ela chegou a falar em labaredas crescendo, tudo amarelo, vermelho e laranja, aumentando, línguas de fogo comendo tudo o que encontravam no caminho, ou se isso foi só coisa que imaginei, de tanto já ter visto fogueira e filme de incêndio. De uma coisa eu tenho certeza que lembro. Rosário falou na fumaceira, nos olhos ardendo, na falta de ar, todo mundo gritando e tossindo muito dentro da senzala, correndo de um lado para o outro, se jogando de encontro à porta. Uns caíam pelo chão, eram pisados, mas ela ficou abraçada com a mãe, encolhida num canto. Quando eu tento lembrar do que ela disse exatamente, tenho dúvidas se falou das chamas, mas não tenho dúvida da fumaça. Pode ser que ela tenha morrido sufocada, antes de queimar, sem sentir o fogo consumindo a carne. Mas também pode ser que não, que ela tenha contado isso mas eu não me lembre das palavras porque fiquei horrorizado demais. De qualquer modo, foi um inferno.

— Parecia que não ia acabar nunca. Mas então, de repente, acabou — concluiu ela. — Eu morri.

Ficamos em silêncio. Ninguém conseguia se mexer nem dizer nada. Como deve ter ficado a senzala no final, só fumegando, com um monte de corpos carbonizados, irreconhecíveis.

Foi a própria Rosário a primeira a falar.

Do outro mundo | **91**

— E morri pensando no Amaro, querendo avisar a ele pra não voltar. Se fizeram isso com a gente, imagino o que não devem ter feito com ele quando agarraram meu irmão... Um menino ajudando escravo fujão... E sozinho, sem ninguém para proteger nem ajudar.

Continuamos em silêncio, incapazes de abrir a boca, como se houvesse um peso imenso em cima de nós. Ou se uma parte de cada um tivesse também morrido ali.

Por isso, foi um pouco surpreendente perceber que, ao concluir sua história, Rosário estava era fazendo um pedido:

— Foi por isso que eu tive que vir. Para que vocês me ajudassem.

Elisa foi a primeira a se recuperar e perguntar:

— Ajudar? Claro! Mas como? O que é que se pode fazer?

— Descubram onde está o Amaro. E, se ele estiver vivo, tomem conta dele, não deixem que ele fique preso.

Os quatro nos entreolhamos. Pelo jeito, ela não fazia a menor ideia do tempo que passara e da tarefa impossível que estava nos pedindo. O fim da escravidão tinha sido em 1888. Mesmo que o irmãozinho dela tivesse conseguido escapar, e tivesse vivido por muitos e muitos anos, a essa altura já teria morrido. Meu Deus, o que é que a gente podia fazer? Mas tínhamos que acalmar Rosário, ajudá-la a... viver? morrer?... bom, digamos, ajudá-la a ficar em paz. Só que não podíamos fazer nenhuma promessa mentirosa. Que situação!

A sorte é que nessas horas a Terê deixa o coração falar. Por isso, foi começando a mostrar seu carinho, enquanto todos pensávamos no que podíamos fazer.

Mais uma vez, Terê se aproximou de Rosário e passou o braço em volta dela.

— Calma, querida, calma... Não vai te acontecer mais nada de ruim...

— Mas não é só comigo. É com todo mundo...

— Deixe com a gente. Nós vamos dar um jeito. Pronto, sossegue... Já passou. Nada mais vai te atingir agora.

Era óbvio. Mas o que podíamos fazer?

— É isso mesmo — disse Elisa. — Nós vamos descobrir o que aconteceu com o seu irmão. Mas com certeza não houve nada. Se não, você teria sabido, não acha?

Era um argumento... Rosário ficou mais calma.

— E se a gente conseguir descobrir alguma coisa, logo vamos te contar...

— Não — disse ela com firmeza. — Não vai ser possível. Eu não vou voltar mais. Já contei tudo. Agora é com vocês.

Levantou-se e começou a andar pelo quarto. Daquele jeito dela, com os pés deslizando, como se não tocassem de verdade no piso. Primeiro, bem devagar. Depois foi acelerando. Cada vez mais depressa. Daí a pouco estava rodando em volta de si mesma. Só de olhar, nós já estávamos ficando tontos. E Rosário girava, girava, feito um pião, rápido, mais rápido, muito mais rápido ainda.

Tentando interromper, Elisa chamou:

— Rosário!

E em seguida:

— Como é que a gente pode ajudar?

Ela parou de repente, estendeu o braço para a frente, apontou e disse meu nome:

— Mariano... Promete que me ajuda? Jura mesmo?

O dedo apontava para mim. Não tive outro jeito a não ser jurar:

Do outro mundo | 93

— Prometo.

Acho que Léo ficou com ciúme, porque reclamou:

— Por que não me escolheu?

— Você já carrega essa obrigação — disse ela.

Depois, explicou o que queria. No final, concluiu:

— Não esqueça. Agora você é escravo de sua promessa. Preto no branco.

E dava para esquecer?

9 Escravo, escrevo

Depois de contar tudo, de me sortear naquele gira-gira maluco, de arrancar minha promessa e de me dar as ordens que quis, Rosário sossegou. Ficou tranquila por um tempo, e nós todos continuamos em silêncio, pensando no que tínhamos ouvido.

Uma coruja piou lá fora. Ou um bacurau, não sei bem. Mas uma ave noturna. Como se quisesse nos lembrar que a noite continuava, a vida continuava.

— Acho que hoje vou poder ir antes do carijó cantar — disse ela. — Preciso descansar.

Entendíamos. Precisava mesmo. Nós também.

— Não vai mesmo voltar mais? — perguntou Terê.

— Não desse jeito. Quer dizer, não preciso mais. Já passei para vocês o que eu queria. E vocês vão descobrir onde está meu irmão, levar umas flores ao túmulo dele, se tiver morrido. De morte violenta, sei que não foi, não ficou penando por aí...

E também não preciso mais me preocupar com as outras coisas — sei que vocês vão fazer justiça, contar a todo mundo o que Sinhô Peçanha fez, ajudar para nunca mais acontecer nada disso... Por isso eu posso ir embora, e descansar. Então vocês não vão me ver. Mas vou estar sempre por perto, cuidando, tomando conta.

— Feito um anjo da guarda? — quis saber Elisa.

— Mais ou menos... — sorriu ela. — Eu e os outros. Muitos anjinhos em volta, que nem naquelas nuvens nos pés da imagem de Nossa Senhora da Conceição que tinha na casa-grande.

Fiquei imaginando. Um monte de anjos pretinhos. Por que não? Por que a gente sempre tinha que pensar em anjo louro, só porque uns pintores na Europa há muitos séculos tinham imaginado assim? No Brasil, não tinha jeito. Quem não fosse moreno de nascença, já ia logo ficando por causa do sol. Mesmo anjo. E é claro que uns anjos pretinhos e morenos iam nos conhecer e entender muito melhor.

Rosário se despedia. Estava começando a ficar mais leve, transparente, virar vapor, sei lá. Agora já conhecíamos. E dessa vez, nem precisou embarcar no canto do galo carijó.

— Fiquem com Deus... — ficou sua voz, recomendando, enquanto ela sumia.

— E você, vá com Deus... — respondeu Terê. — Boa viagem!

Francamente, para quem vivia morrendo de medo de fantasma, a Terê estava se saindo demais. Quase assanhadinha, pensei. Como se quisesse se mostrar, ou estivesse com inveja por eu ter sido o sorteado, encarregado de uma missão tão importante.

Mas nenhum de nós falou nada. Só mesmo boa-noite. Estávamos exaustos e cada um só pensava em dormir.

Não posso falar pelos outros, mas eu tive um final de noite cheio de sonhos atrapalhados que não lembro direito. Começava com incêndio e matança, fuga de presos, fantasmas arrastando correntes, fogo e sombra, sombrinha rendada e anjinhos morenos, um sonho muito cheio de coisas. Mas depois foi ficando mais vazio, com poucos elementos. Fumaça saindo de carvão a queimar no chão, subindo bem branquinha até as nuvens do céu. Uma mesa de madeira escura, meio coberta por um guardanapo bordado em branco, como um pano de altar. Sobre ele, um prato de comida — feijão com arroz. Uma caneca e dois bules — café com leite. Peças de dominó — pretas com pintas brancas. Um galo carijó, de penas riscadinhas de claro e escuro, ciscando em volta. Um livro aberto — letras em tinta negra sobre papel alvo.

Acordei muito perturbado, ainda confuso, pensando naquilo tudo. Em tudo o que tínhamos vivido e ouvido desde que a Rosário apareceu pela primeira vez. Na história que ela contou. No meu juramento, um compromisso com o outro mundo. No sonho e na promessa.

Demorei a levantar, mas não me preocupei muito porque vi que, na cama ao lado, Léo ainda ressonava. Achei que íamos encontrar as meninas já de pé havia muito tempo, conversando na varanda ou na beira do rio. Mas quando finalmente levantamos, já na hora do almoço, elas ainda não tinham saído do quarto.

— Quase que vocês perdem o almoço — comentou minha mãe. — Na certa ficaram aprontando alguma até tarde...

Dei um riso meio sem graça, enquanto Vera dizia:

— Vou acordar a Elisa, assim também já é demais.

Efeito do cansaço. A gente precisava recuperar várias noites maldormidas. Para não falar da arrumação das cabeças, com coisa demais lá dentro.

Só muito mais tarde é que conseguimos conversar. Depois de um almoço pesado (domingo era dia de feijoada), os quatro ainda estávamos meio molengas. Nem saímos de casa. Ficamos mesmo pela varanda, num canto. As meninas numa rede, nós dois sentados no chão. Léo fez a pergunta que eu estava me fazendo o tempo todo:

— Você acha que consegue cumprir sua promessa, Mariano?

— Não sei... mas tenho que tentar.

— Ainda bem que ela não me sorteou. Eu não ia conseguir.

— Pois eu acho que você é que devia ter sido o escolhido — disse Terê. — De verdade, não entendi por que foi o Mariano.

— Acha que eu não sou capaz? — perguntei, meio ofendido.

— Claro que não... não é nada disso — explicou ela, hesitante. — Mas é que o Léo é que é... mais moreno... bem, quer dizer... ainda mais quando a gente vê a cor de dona Carlota... ele tem mais jeito de ser descendente de escravo. Então ele é que devia ter a missão de falar nisso. Defender os antepassados.

— Vai ver, foi por isso mesmo que a Rosário disse que ele já carrega essa obrigação — lembrei.

— É... ela disse isso. Mas escolheu você. E foi isso que não entendi.

Eu também não entendia direito. Mas ainda bem que a Elisa veio com uma explicação, até bem lógica:

— Terê, um preto ou um mulato ser contra a escravidão é a coisa mais natural do mundo. Nós é que fomos escravizados. Não dá para esquecer nunca. Mas vocês é que escravizaram, e precisam lembrar disso o tempo todo.

— Acho também que quando um preto ou um mulato fala nisso, as pessoas não prestam tanta atenção — disse Léo. —

Do outro mundo | **99**

Todo mundo já espera mesmo um assunto desses vindos da gente, faz parte da consciência negra, tem até movimento organizado ensinando como a gente tem que fazer, não é vantagem nenhuma. Se quem faz a denúncia é alguém mais clarinho, pode ser que o pessoal preste mais atenção. Fica mais eficiente... você não acha, Mariano?

— É... pode ser... Nunca pensei nisso... Não sei. Só sei que vai ser muito difícil. Eu não gosto muito de ler, não costumo escrever, e nunca parei para pensar nessas coisas. Gosto mesmo é de mexer em computador, jogar futebol, pescar... por isso é que eu acho que ela escolheu mal. Eu não levo muito jeito.

— E eu? — perguntou Léo — não sou igual a você? Não é dessas mesmas coisas que eu gosto? E de ouvir música, de andar de bicicleta... Por que justamente nós, de uma raça que já penou tanto, que já sofreu tanta coisa aqui neste país, ainda vamos ter que ficar a toda hora falando nisso e indo à luta? Pelo contrário, precisamos de um refresco. Hora do recreio, meu irmão. Vai escrever seu livro que eu vou pescar. Pois fiquem sabendo de uma coisa: eu acho que a Rosário sabia muito bem o que estava fazendo quando livrou a minha cara. Acho que essa promessa é um castigo e nós já fomos castigados demais... Agora é sua vez, cara-pálida...

Todos rimos, mas sabíamos que não era só uma brincadeira, que tinha um bocado de verdade naquilo que Léo estava dizendo. Como também era verdadeiro o comentário que a Elisa fez em seguida.

— O que salva o Mariano é que nós também temos uma porção de cara-pálida. Porque se a vó Carlota é mesmo bem escura, o vovô não era tanto. E os outros avós, pais do papai, lembra Léo?... Um horror! Eram uns brancos azedos, não dava nem para saírem no sol sem chapéu que ficavam logo parecendo uns pimentões. Pele muito delicadinha...

— Eles não tinham culpa, Elisa. Vieram da Itália direto para a colheita de café aqui debaixo desse sol de rachar... — disse Léo.

— Pois é isso mesmo. Tudo branquelo. Então, pela sua teoria, temos mais da metade do castigo também. E vamos ajudar o Mariano, sim.

— Tudo bem, eu ajudo — concordou o Léo. — Quero mesmo ajudar. A minha porção branca é solidária. Mas a minha porção preta quer ter a escolha, a liberdade de ir se divertir enquanto o Mariano trabalha, não é egoísmo meu, não, é direito de me sentir leve. Ajudar, eu ajudo. Só não quero é ter toda a responsabilidade nem me sentir com a obrigação. E, de qualquer modo, repito: ainda bem que a Rosário não me sorteou. Eu não ia mesmo conseguir. Escrever é difícil demais.

— Deixe de bobagem, Léo — cortou Elisa. — Qualquer um consegue. Escrever não é nenhum bicho de sete cabeças. É só sentar e começar. Todo dia um pouquinho. Vai indo, vai indo, sem pressa, um dia fica pronto.

— Como é que você sabe?

— Bom, saber mesmo… não sei. Mas deve ser assim, imagino.

Léo não resistiu a uma implicanciazinha:

— Seu problema é que você imagina demais.

— Vocês não vão começar agora, vão? — interrompeu Terê.

Ainda bem. Porque eu queria falar no meu compromisso com Rosário, e eles estavam se desviando. Aproveitei a oportunidade.

Do outro mundo | **101**

— Mas eu estou contando com a ajuda de todos. Não sei se eu prestei bastante atenção para poder contar, se não vou me atrapalhar, me confundir, se vou esquecer alguma coisa.

— Pode deixar que a gente te ajuda. Eu garanto que faço a revisão, dou sugestões, e colaboro — garantiu Elisa. — Na verdade, o livro vai ser de todos. Você é que vai escrever, porque foi isso o que ela fez você prometer, mas vai ser em nome de todo mundo.

— Principalmente da Rosário, do Amaro e de todos os outros — lembrou Terê. — Como ela pediu. Até mesmo em nome dos escravos que a gente nem sabe que existiram. Para que nunca mais exista nenhum cativo, como a Rosário falou.

— Mas hoje em dia não precisa mais disso. Afinal de contas, já aboliram a escravidão.

— Sei lá, Léo. Aboliram mesmo? De verdade, geral? Em todo canto? Para sempre? — perguntei. — A gente estudou isso em História, mas de vez em quando sabe de cada coisa… Volta e meia passa na televisão uma notícia de algum pessoal que estava trabalhando em algum lugar sem receber nada e sem poder sair, devendo ao armazém do patrão mais do que já tinha ganho em salário. Fiquei lembrando disso hoje quando acordei, e pensando muito.

— Ainda outro dia tinha uma notícia sobre um navio que andava pela costa do Benin com um carregamento de crianças, vendidas para trabalhar numas plantações de cacau — lembrou Terê. — E toda hora aparece na Internet algum movimento protestando contra trabalho escravo em algum país.

— Para não falar numas pessoas que trabalham por aqui mesmo em condições tão precárias que não deve ser muito diferente do tempo da escravidão… — acrescentou Elisa.

Léo concordou:

— É, vocês têm razão. Eu não tinha parado para pensar. Então dá para entender melhor o pedido da Rosário, quando ela quis que a gente contasse a história dela para todo mundo saber e isso nunca mais se repetir. Quer dizer, a gente, não... O Mariano. Ele é que ficou escravo da promessa.

Rimos todos. Eu sabia que ele estava brincando e os outros três iam me ajudar.

— Escravo, escrevo... — confirmei.

— Mas essa é só a segunda parte do pedido dela — lembrou Elisa. — O compromisso do Mariano. Tem uma outra parte que foi nossa, coletiva. E essa é muito mais difícil. Como é que a gente vai descobrir o que aconteceu com o Amaro? E levar flores no túmulo dele?

Ficamos em silêncio. Francamente, eu tinha até esquecido disso. Já tinha muito com que me preocupar, com o peso daquela obrigação de escrever um livro. Lembrar a história da Rosário e botar tudo no papel, preto no branco, como ela tinha pedido. Deus do céu, como tinha preto e branco em tudo aquilo... No meu sonho e na história. Talvez porque não fosse só uma questão de escravidão, de uma coisa econômica, uma maneira desumana e imoral de tratar as pessoas e garantir a mão de obra. Mas os escravos não eram brancos. E os donos não eram pretos. Então era também uma questão de cor, de raça. Muito mais complicado. Ficava uma injustiça de um tamanho tão grande que não dava para eliminar só com uma lei.

— Vamos sair perguntando. Ver se alguém ouviu falar nesse Zé Caboclo ou nos filhos dele... — dizia Léo, e no primeiro momento eu tive até dificuldade de saber do que ele estava falando, de tanto que eu estava metido em meus próprios pensamentos.

— Ou tentar descobrir o sobrenome dele e ver se em alguma repartição de Cachoeirinha nos dão alguma informação — sugeriu Terê.

— Como?

— Uma notícia de morte em algum jornal da época, por exemplo. Ou um túmulo no cemitério com o nome dele. Ou algum documento no cartório. Pode dar um trabalhão, mas é assim que se faz — disse Elisa, que vivia lendo história de detetive e tinha alguma noção de por onde começar.

— É... — concordei, meio desconsolado de tanto desânimo com a ideia da trabalheira.

Ela percebeu e me livrou:

— Não. Você fica de fora. Como vai ter que escrever, deixe a pesquisa conosco. Ainda mais porque sua parte é muito baseada na memória, e você não pode correr o risco de esquecer. O bom era começar já, enquanto está tudo bem fresquinho na cabeça. O ideal seria hoje mesmo.

— Hoje? — repeti sem acreditar que ela pudesse estar propondo aquilo a sério.

— Ou amanhã. E eu e Léo vamos a um cartório procurar nos informar.

Aquela energia toda para sair procurando agulha em palheiro me assustava. Acho que o Léo teve uma reação parecida, porque tentou ganhar tempo:

— Mas a gente ainda nem sabe o sobrenome dele. Como é que vamos poder procurar?

— Podemos trabalhar com algumas hipóteses. Amaro não é um nome assim tão comum. E eu ouvi dizer que muitas vezes os escravos ficavam com o sobrenome dos senhores, então podemos começar verificando sobre a existência de algum Amaro Peçanha.

— Ou o meu sobrenome... — disse Terê.

— O seu? — repetimos, espantados.

— É. Eu tenho Silva no sobrenome. Uma vez, quando falei com meu pai que esse era um sobrenome muito comum, ele disse que é porque antigamente, quando não se sabia qual ia ser o nome de família de alguém, muitas vezes se registrava a criança como "da Silva", que era como se fosse "da selva", "do mato". Quer dizer, achada numa moita qualquer, filha da natureza. Foi o que meu pai explicou. Ou então, Santos, Nascimento... Era um jeito de dizer que não tinha família antes, começava com seu próprio nascimento, ou estava entregue aos santos.

— Puxa, que interessante! — disse Elisa. — Eu nunca tinha ouvido falar nessas coisas. O que eu sabia era que quando os judeus foram perseguidos em Portugal e tiveram que se converter de qualquer jeito para não serem presos, disfarçavam os nomes para parecerem cristãos e adotavam sobrenomes em homenagem a árvores que tivessem no quintal, ou animais que criassem ou admirassem. Então apareceram muitos Pereira, Nogueira, Carvalho, e mais Coelho, Carneiro, Leitão, Leão, Vieira...

— Então você acha que a gente deve ir procurar todos esses sobrenomes no cartório? — espantou-se Léo.

— Estava dormindo, é? O Amaro não era judeu nem cristão-novo. Eu estava só conversando... mas acho que a gente pode procurar informações sobre Amaro Peçanha, Amaro Nascimento, Amaro Santos e Amaro da Silva. Alguém que tenha nascido por volta de 1879, porque era menino de nove anos quando houve a abolição.

Do outro mundo | **105**

— E talvez tenha morrido no próprio ano do fim do cativeiro — completei.

— Mas aí vai ser praticamente impossível a gente achar qualquer coisa — argumentou Léo. — Um menino pretinho morrendo numa hora dessas... sumia mesmo. Não saía no jornal. Aliás, aposto que nem havia jornal em Cachoeirinha nessa época. De qualquer modo, vai ser muito difícil. Um moleque morto no meio daquela confusão? Enterravam mas não punham pedra com nome.

— Quem sabe se não tinha um registro do enterro? O cemitério pode ser um bom lugar para começar.

— E pode-se saber que travessura vocês estão aprontando agora, para terem que começar pelo cemitério?

Nem precisava olhar para trás para saber que a interrupção tinha sido de Dona Carlota, chegando de mansinho. Bastava aquela palavra "travessura", que ninguém mais usava.

Léo levantou-se rapidamente, trouxe mais para perto uma cadeira de vime, para que a avó sentasse. Muitas vezes fazíamos isso no final de uma tarde de domingo. Depois que saía o último hóspede, ela vinha conversar conosco, antes do lanche. Ou merenda da noite, como ela dizia, uma refeição que sempre acabava incorporando também os avós de Terê que vinham buscar a neta. Eu é que às vezes não ficava, porque meu pai gostava de voltar para Cachoeirinha mais cedo, principalmente quando tinha transmissão de futebol na televisão, e ele queria assistir ao jogo em casa. Mas nesse dia, todos íamos ficar.

Depois que Dona Carlota se instalou, se recostou numa almofada que a neta tinha trazido, e esticou as pernas para apoiar os pés num banquinho, pensei que ela ia perguntar de novo sobre o cemitério. Mas me enganei.

— Estou devendo uma coisa a vocês, e vim pagar a dívida — anunciou.

— A história da Iaiá! — lembrou Elisa.

Confesso que eu tinha até esquecido.

— Isso mesmo.

Mas antes que ela começasse, a neta, impaciente, já aproveitou para iniciar a pesquisa:

— Desculpe, vó, mas você já ouviu falar em algum Zé Caboclo aqui pelas redondezas? Ou algum filho ou neto dele?

Dona Carlota pensou, repetiu o nome pausadamente, mas disse que não.

— E Amaro? Amaro Peçanha, ou Amaro da Silva... Ou do Nascimento, dos Santos...

— Não, nunca ouvi falar nesse nome.

Fez uma pausa e acrescentou:

— Amaro de Andrade não serve? Era meu avô...

Foi um rebuliço. Falávamos todos ao mesmo tempo. Perguntas, exclamações, nós mesmos não nos entendíamos. Seria só coincidência? Ou seria o Amaro que procurávamos? Mas como? Avô de Dona Carlota?

— E se vocês conseguirem ficar quietos e me deixar falar, eu vou contar agora a história dele.

— A dele ou a de Iaiá?

— É a mesma, Elisa, a mesma história. E é também a história de nós todos, da nossa família, deste sítio e desta pousada.

Pronto! Mais uma coisa para eu ter que contar a você também... pensei. Era um trabalho que não acabava mais. Escritor não tem descanso. O jeito era prestar atenção.

— Há muitos e muitos anos, no tempo do imperador, este lugar aqui fazia parte de uma fazenda imensa, muito maior do que o sítio. Terras que se estendiam para todos os lados, numa extensão que um homem a cavalo não conseguia percorrer num só dia. Enorme mesmo. Uma fazenda próspera e poderosa, com uma casa-grande rica, móveis de estilo, piano importado, louça francesa, baixela inglesa de prata, toalhas e lençóis de linho belga, e muita coisa mais. A origem dessa riqueza eram imensos cafezais que se estendiam até onde a vista alcançava...

— ... e o trabalho escravo que a vista não alcançava... — interrompi, nem sei por que, mas acho que já começando a arrumar as ideias para a hora que tivesse que contar eu mesmo a história.

— Exatamente! — confirmou Dona Carlota, me olhando de um jeito diferente, como se depois desse comentário estivesse me vendo pela primeira vez. — O dono dessa fazenda era um homem muito mau e prepotente, que se achava acima da lei. Não prestava contas de seus atos a ninguém e fazia todas as suas maldades com a certeza de que era tão poderoso e vivia num lugar tão distante da corte, que nunca ia ser castigado. Era como se nestes confins esquecidos de Deus, ele fosse ao mesmo tempo a lei, o juiz e o carrasco. Sabia que nunca ninguém ousaria desafiá-lo e que seu poder não tinha limites. Maltratava os escravos, oprimia as mulheres da casa, tinha uma porção de capangas, mandava matar os inimigos em tocaia. A peçonha em pessoa.

— Peçanha, a senhora quer dizer... — corrigiu Terê.

— Não, peçonha, veneno. Como uma cobra venenosa, um bicho peçonhento.

— Mas ele se chamava Peçanha, não?

— Ah, isso eu não sei. Só sei o que meu pai me contou e eu estou contando para vocês. Mas se vocês quiserem que ele tenha um nome, a gente pode chamar de Coronel Peçonha.

— Pode ser Sinhô Peçanha?

— Pode, meu filho, pode... Pois então, deixe eu contar. Esse fazendeiro achava que seu poder nunca ia ter fim. Mas um dia chegou a notícia de que a escravidão tinha acabado no país e ele não podia mais manter ninguém no cativeiro. E como ele andara se gabando das maldades que fazia, um viajante que pernoitara na casa tinha feito uma ameaça velada de que ia denunciá-lo às autoridades. E o poderoso Coronel Peçonha ficou com medo, talvez pela primeira vez em sua vida. Essa combinação de medo do castigo com raiva por

Do outro mundo | **109**

perder o poder o abalou muito, a ponto dele ficar completamente desatinado, e então esse Sinhô Peçanha, como vocês querem que ele se chame, acabou cometendo um ato enlouquecido, que deixou no chinelo todas as suas crueldades anteriores. Quando soube que não ia mais poder ter escravos, reuniu todos os antigos cativos na senzala com uma desculpa qualquer...

— Disse que ia explicar a nova situação deles com a liberdade... Insinuou até que ia ter uma indenização... — adiantou Elisa.

— Pode ser, não sei. Mas podemos imaginar que sim — concordou Dona Carlota. — De qualquer modo, o que se sabe é que ele mandou reunir todos os pretos e os trancou na senzala. Então revelou sua crueldade suprema: mandou que os capangas botassem fogo no prédio e queimassem todo mundo que estava trancado lá dentro, homens e mulheres, velhos e crianças. Morreram todos.

— Não escapou ninguém?

— Escapar como? O lugar não tinha janelas, o telhado era de palha e virou uma fogueira, a única porta estava com uma tranca pesada... Foi uma chacina. A mulher e a filha dele assistiam àquilo horrorizadas, o próprio feitor enlouqueceu, não aguentou, saiu gritando, se embrenhou pelos matos e nunca mais foi visto. E ele já devia estar louco, pois nenhum ser humano em sã consciência faria uma coisa daquelas.

Dona Carlota fez uma pausa, olhou em volta, e prosseguiu:

— Mas eles não sabiam que um dos moleques da fazenda havia conseguido escapar, porque tinha ido até à beira do Rio Pardo falar com uns amigos, uns caboclinhos filhos de um barqueiro. Viram de longe a fumaça e vieram correndo. Escondi-

dos no mato, assistiram a tudo. O garoto queria gritar, correr para junto da família — a mãe, a irmã e a avó dele estavam sendo queimadas vivas naquele inferno. Mas os amigos o agarraram à força e não deixaram o garoto sair de junto deles. No final, o levaram para sua casa, do outro lado do rio, e depois o ajudaram a ir para bem longe dali, onde o fazendeiro nunca pudesse encontrá-lo. Parece que o pai desses meninos foi até a vila, e lá conversou com o mestre-escola, o Professor, que estava se mudando para outro lugar. Era um homem de bom coração. O fato é que, ao saber da história do garoto, ficou penalizado. Resolveu tomar conta dele. Registrou-o com seu sobrenome, levou-o consigo e a família para a outra cidade onde iria morar, e assim deu a meu avô a oportunidade de estudar. Mas fez muito mais que isso.

Do outro mundo | **111**

— O quê? Antes de sair passou pela fazenda e acabou com o Sinhô Peçanha?

— Não. Antes de sair deu queixa na justiça. Não revelou que o moleque estava com ele, mas fez a denúncia. E mais tarde, quando se instalou na outra cidade, escreveu de lá, dando seu endereço e dizendo que ia acompanhar de longe o processo. De qualquer modo, por causa disso, as autoridades resolveram fazer alguma coisa. Foram até a fazenda, viram as ruínas da senzala queimada. O fazendeiro negou tudo, disse que tinha sido um incêndio acidental, contou que a senzala estava vazia quando pegou fogo, que os antigos escravos já tinham abandonado a fazenda muito antes disso, enfim, disse um monte de mentiras. Mas seu poder já havia diminuído. O feitor desaparecera. Muitos dos capangas também acharam melhor sumir. E havia vestígios e testemunhas — os filhos do barqueiro e a própria filha do fazendeiro, que fez questão de depor contra o pai.

— A Iaiá?

— Exatamente. Essa era a Iaiá. Ela foi muito corajosa, e seu testemunho foi decisivo. A polícia levou o fazendeiro preso no mesmo dia. Falavam em enviá-lo para outro lugar, a fim de ser julgado na comarca da capital, ou até mesmo na corte. Mas ele não chegou a ser processado. Morreu nessa mesma noite. Certamente não foi de remorso, mas de raiva, desespero pela impotência, sabe-se lá o que foi. A humilhação da prisão era demais para um mandão como ele. Teve um ataque na cadeia e ninguém o socorreu.

— Benfeito!

— Ainda bem. Porque se ele escapasse, a coitada da Iaiá ia ter que pagar... — comentou Elisa.

— Mas, de certo modo, a Iaiá pagou — disse dona Carlota.

— Pagou como? Como é que um morto podia castigar a filha ou dar uma surra nela?

— Não, vocês não me entenderam. A Iaiá não prestou contas a ele por ter ajudado a prendê-lo. Estou falando de outro pagamento, muito mais tarde. Se vocês não me interromperem tanto, eu continuo a história e conto.

— Conte, conte! — pedimos.

E a avó do Léo prosseguiu:

— Aquela fazendona imensa ficou com a Iaiá e a mãe dela. Não havia mais escravos para plantar, roçar, colher o café, torrar, moer... Nem para ordenhar o gado, dar comida às galinhas, lavar a roupa, cozinhar, arrumar a casa, consertar as cercas, toda a trabalheira que existe num lugar desses. Dentro de casa, elas ainda se ajeitavam, podiam ser senhoras mas mulher sempre trabalhou muito e elas estavam acostumadas — faziam comida, costuravam, preparavam linguiça, cuidavam da criação no quintal, essas coisas... Mas era impossível dar conta da fazenda. No começo até tentaram contratar uns empregados, mas não sabiam administrar. E o dinheiro ia diminuindo. Em pouco tempo, tiveram que abandonar os cafezais, ir deixando de lado uma porção de atividades. Foi ficando uma decadência de dar dó. Começaram a vender o que tinham, para poder sobreviver. Aos poucos, foram desmembrando a fazenda e vendendo as terras, ficou só esse pedaço em volta da casa, que virou o nosso sítio. Depois de alguns anos, quando a mãe morreu, Iaiá ficou sozinha e triste. Contam que se trancou e não queria mais sair de casa. Não casou — e dizem que não foi por falta de pretendentes. Era bonita e dona de muita coisa. Tinha gente que dizia que ela ficou para sempre meio perturbada pelo incêndio da senzala. Não dá para saber com certeza. O que se sabe é que ela nunca teve filhos e ficou solteira. Trancada na casa-grande, com poucos empregados, vendendo aos poucos tudo o que sobrara, todas as preciosidades que tinha nesta casa — os tapetes, as alfaias, os móveis mais valiosos, a prataria toda, a louça que não tinha se quebrado... Morreu muito cedo, ainda moça, depois de alguns meses de uma enfermidade terrível, com pouco mais de vinte anos.

Dona Carlota ficou em silêncio, olhando o céu, que aos poucos ia escurecendo, com uma única estrela a brilhar muito nítida. Era triste mesmo. Entendemos o que ela quis dizer quando falara no pagamento feito por Iaiá. Era como se a coitada tivesse pago em vida as culpas do pai. Uma história triste, que acabava mal. Não gosto de história assim.

— Só isso? — perguntou Elisa, e dava para a gente ver que ela também tinha ficado desapontada com aquela história prometida e esperada. — E seu avô Amaro?

— Calma, ainda não cheguei lá... — disse Dona Carlota, e eu fiquei satisfeito de ver que as coisas não iam terminar daquele jeito, ainda vinha mais.

Ela continuou:

— Depois que a Iaiá morreu, descobriram que ela tinha deixado um testamento. E aí foi uma surpresa. Havia junto uma carta em que ela revelava que tinha sabido, pelos filhos do barqueiro, que um menino pequeno se salvara naquele dia terrível, um menino que era irmão de uma escrava de quem ela gostava muito. Só sabia o nome dele, Amaro. Mas o nomeava seu herdeiro universal e solicitava que todos os esforços fossem feitos para localizá-lo. Não foi fácil. Só quem sabia dele era a família do barqueiro, que já não morava mais por estas bandas. Mas a história terrível da fazenda tinha impressionado tanto todos os habitantes da região que era como se todo mundo achasse que tinha que ajudar de alguma forma. Ainda bem, porque não creio que as autoridades fossem se mobilizar muito na procura de um pretinho para fazer dele um herdeiro. Mas alguém acabou localizando um dos filhos do barqueiro, que ao saber do ocorrido revelou o segredo da fuga e contou que o menino tinha sido adotado pelo antigo mestre-escola. Começou então a procura desse professor, que já tinha saído da outra cidade, se aposentado e ido morar na capital, ninguém sabia onde. Mas na capital havia jornais, e lá puseram um anúncio, convocando Amaro de Andrade a se apresentar às autoridades de Cachoeirinha para tratar de assunto de seu interesse.

— E ele veio correndo?

— Na verdade, não. Viu o anúncio, porque sabia ler, mas ficou muito desconfiado. No primeiro momento, até pensou em fugir. Mas conversou com um dos irmãos de criação, que era bacharel e se prontificou a acompanhá-lo, porque argumentou que podia se tratar de algum testemunho necessário para castigar o antigo senhor (que eles não sabiam que tinha morrido). Então vieram. E para sua total surpresa, o que o esperava era a posse da antiga fazenda — ou pelo menos, da casa, do quintal, e de uma terrinha em volta, porque pouco mais do que isso tinha sobrado.

Agora, sim, a história acabava!

— E foi assim que este sítio veio parar em mãos da nossa família. Herdado da Iaiá por meu avô Amaro.

— Meu bisavô? — perguntou Léo.

— Não, seu tataravô. Trisavô, como se diz corretamente.

— Quer dizer que a Rosário é minha tia-tataravó? — perguntou Elisa.

Dona Carlota respondeu com outra pergunta:

— Quem é Rosário?

Os quatro nos entreolhamos, sem saber o que responder. Finalmente, Elisa disse:

— A irmã do Amaro.

— E onde vocês ouviram falar nela?

Ninguém tinha coragem de falar. Como é que a gente ia começar a explicar aquilo?

— Vocês estão muito misteriosos... Alguma andaram aprontando... Vamos, contem — insistiu ela.

A sorte foi que nesse momento a Terê viu o carro dos pais dela chegando, e a conversa foi interrompida para o lanche. Mas antes de sairmos todos correndo para o jardim, Dona Carlota cobrou:

— Hoje vocês escaparam. Mas ficam me devendo essa história. Eu contei a da Iaiá...

— Está bem, vó — prometeu Elisa. — A gente conta. Mas vai demorar um pouco e vai ser por escrito.

Pronto, viram só? Sobrou para mim de novo. Não só eu tinha que escrever porque estava escravo de uma promessa feita a um fantasma (como não expliquei direito mas você já deve ter entendido a essa altura), mas ainda tinha que mostrar o que escrevesse a uma senhora, avó dos outros... Ai, meu Deus! Me meto em cada uma...

Por isso é que fiquei meses na frente do computador, lembrando disso tudo, e vendo como poderia ser a melhor maneira de contar. Todo dia escrevia um pouquinho. Primeiro estava tudo seguido, emendado, uma coisa só, feito uma redação comprida. Quando mostrei a meus amigos, eles acharam que devia ser mais como um livro, ter uns capítulos, uns títulos pelo meio, essas coisas. Até ilustração, que o Léo se encarregou de fazer. E a Elisa quase escreveu o livro de novo, de tanto palpite. Para ficar mais interessante. Não sei. Sou muito ruim para essas coisas. Eles é que acabaram dando as sugestões e escolhendo tudo. Até o nome do livro.

Mas eu é que escolhi outro nome, muito importante. Foi ontem. Eu finalmente tinha dado o livro para Dona Carlota ler, há algumas semanas. Sem este finalzinho que estou escrevendo agora, é claro. Ontem, quando nos reunimos na varanda no domingo de noite, estavam também meus pais e a Vera. Todos tinham lido. Fizeram muitos elogios, mas dava para ver que não acreditaram muito — só a avó. Acharam que nós temos muita imaginação, elogiaram meu jeito de escrever, quiseram saber de onde eu tirei aquelas ideias, riram quando eu disse que foi da memória.

No final, Dona Carlota propôs:

— Bom, estamos precisando escolher um nome para a pousada, e achamos que pode ter alguma relação com essa história. O que é que vocês sugerem? Que tal Sítio do vovô Amaro?

Aquilo não era nome de pousada. Não ficamos entusiasmados.

— Talvez Pousada Santo Amaro… — sugeriu Vera.

— Ou Pousada da Iaiá … — disse minha mãe.

— É… — concordou meu pai. — Esse tem um bom apelo comercial, promete uma viagem ao passado, um fim de semana tradicional. Deve ter uma boa capacidade de atrair hóspedes.

— Não, tem que ser uma homenagem aos escravos, não aos senhores! — disse o Léo, de modo decidido, e todos vimos que ele tinha razão.

— Pousada da Rosário — foi a sugestão de Elisa.

— Fica esquisito. Rosário é uma palavra masculina, só vira feminino nesse caso, quando é nome próprio. Vai sempre parecer que está errado. Que tal Pousada da Senzala?

— Meio deprimente — cortou Léo. — E você, Mariano? Não sugere nada?

— Pousada da Mata Livre… — disse timidamente.

— Taí, boa ideia. Como Freewood, que quer dizer mata livre em inglês. É a marca do meu castiçal que foi da Rosário e da Iaiá.

— Nem pensei nisso — expliquei. — Pensei foi no nome que o Amaro dava para a mata. E combina com o lugar, porque ainda tem uma matinha que a gente quer preservar.

— E muita liberdade que a gente também quer preservar — completou Léo.

— E que eu jurei que, com palavras, ia ajudar a lembrar sempre, para ninguém esquecer — reafirmei.

E assim ficou. Se algum dia você viajar por estas bandas e passar por Cachoeirinha, venha visitar. Pousada da Mata Livre. Pequenina, mas linda. Agora sem nenhum fantasma. Garanto que você vai gostar.

anamariamachado

com todas as letras

Nas páginas seguintes, conheça a vida e a obra
de Ana Maria Machado, uma das maiores
escritoras infantojuvenis brasileiras.

Biografia

Árvore de histórias

"Escrevo porque é da minha natureza, é isso que sei fazer direito. Se fosse árvore, dava oxigênio, fruto, sombra. Mas só consigo mesmo é dar palavra, história, ideia." Quem diz é Ana Maria Machado.

Os cento e tantos livros dela mostram que deve ser isso mesmo. Não só pelo número impressionante, mas sobretudo pela repercussão. Depois de receber prêmios de perder a conta, em 2000 veio o maior de todos. Nesse ano, Ana Maria recebeu, pelo conjunto de sua obra, o prêmio Hans Christian Andersen.

Ana em Manguinhos, em 1998.

Para dar uma ideia do que isso significa, essa distinção internacional, instituída em 1956, é considerada uma espécie de Nobel da literatura para crianças. E apenas uma das 22 premiações anteriores contemplou um autor brasileiro. Aliás, autora: Lígia Bojunga Nunes, em 1982.

Mas mesmo um reconhecimento como esse não basta para qualificar Ana Maria. Dizer que ela está entre os maiores nomes da literatura infantojuvenil mundial é verdade, mas não é tudo.

Primeiro, porque é difícil enquadrar seus livros dentro de limites de idade. Tanto que, em 2001, a Academia Brasileira de Letras lhe deu o prêmio Machado de Assis, o mesmo concedido a Guimarães Rosa, Cecília Meireles e outros gigantes da literatura brasileira.

E segundo, porque outra obra fascinante de Ana Maria é sua vida. Ela é daquelas pessoas que não param quietas, sempre experimentando, sempre aprendendo, sempre buscando mais. Não só na literatura. Antes de fixar-se como escritora, trabalhou num bocado de outras coisas. Foi artista plástica, professora, jornalista, tocou uma livraria, trabalhou em biblioteca, em rádio... Fez até dublagem de documentários!

Nos anos 60 e 70, foi voz ativa contra a ditadura, a ponto de ter sido presa e acabar optando pelo exílio na França. Esse país acabou sendo um dos lugares mais marcantes de suas andanças pelo mundo. Ana também viveu na Inglaterra, na Itália e nos Estados Unidos. Ainda hoje, embora tenha endereço oficial — mora no Rio de Janeiro —, vive pra cá e pra lá. Feiras, congressos, conferências, encontros, visitas a escolas... Ninguém mandou nascer com formiga no pé!

Fã de Narizinho

Ana Maria publicou seu primeiro livro infantil, *Bento que bento é o frade*, aos 36 anos de idade, mas já vivia cercada de histórias desde pequena. Nascida em 1941, no Rio de Janeiro, aprendeu a ler sozinha, antes dos cinco anos, e mergulhou em leituras como o *Almanaque Tico-Tico* e os livros de Monteiro Lobato — *Reinações de Narizinho* está entre suas maiores paixões.

Cresceu na cidade grande, mas passava longas férias com seus avós em Manguinhos, no litoral do Espírito Santo, ouvindo e contando um montão de "causos". Aos doze anos, teve seu tex-

Aos dois anos, com a boneca Isabel.

to "Arrastão" (sobre as redes de pesca artesanal, que conheceu em Manguinhos) publicado numa revista sobre folclore.

Muito depois, no início dos anos 70, outra revista — *Recreio* — deu o impulso que faltava para Ana virar escritora de vez: convidou-a para escrever histórias para crianças. Ana não entendeu muito bem por que procuraram logo ela, uma professora universitária sem nenhuma experiência no assunto. Mas topou.

E nunca mais parou de escrever e de crescer como autora para crianças, jovens e adultos. Nessa trajetória de aprendizado e sucesso, sempre foi acompanhada de perto por uma grande amiga, também brilhante escritora. Quem? Ruth Rocha, que entrou em sua vida como cunhada.

Por falar em família, Ana tem três filhos. Do casamento com o irmão de Ruth, o médico Álvaro Machado, nasceram os dois primeiros, Rodrigo e Pedro. Luísa, a caçula, é filha do segundo marido de Ana, o músico Lourenço Baeta. E, desde 1996, começaram a chegar os netos: Henrique, Isadora...

Fortalecida por tanta gente querida e pelo amor pela literatura, Ana Maria nunca deixou de batalhar pela cultura, pela educação e pela liberdade. E o maior instrumento para isso é seu trabalho como escritora. Afinal, como ela diz, "as palavras podem tudo".

Para saber mais sobre a autora, visite o site <www.anamariamachado.com>

Bastidores da criação

Ana Maria Machado

No rastro de Huck?

Há alguns anos, um editor holandês me encomendou um conto de terror para uma antologia com autores do mundo todo. Não adiantou eu explicar que terror não é um gênero de minha predileção. Ele queria incluir alguém da América Latina e cismou que tinha que ser eu. Fiquei pensando: qual seria a coisa mais aterrorizante que eu conseguiria imaginar? Fantasma? Morto-vivo? Vampiro? Múmia ambulante? Gelecas extraterrestres? Nada disso me mete medo. De repente, me ocorreu que a coisa mais terrível que já me passou pela cabeça foi a eventualidade da escravidão. Como é que alguém pode ser totalmente privado da liberdade, tratado como uma mercadoria, impedido de descansar e de ir para onde quer, separado da família e, além de tudo, castigado, maltratado e proibido de sonhar com uma perspectiva de futuro? É uma ideia que me revolta e me dá muita raiva, mas que também me parece a coisa mais aterrorizante que a humanidade já conseguiu conceber. Então comecei a pensar nessa história. Na verdade, por-

Ana no Rio das Pedras, o mesmo de Do outro mundo, *em 2001.*

que lembrei de um caso verdadeiro que uma amiga me contou, acontecido com um bisavô dela — que herdou a fazenda da filha dos antigos senhores, após o incêndio criminoso da senzala.

Inicialmente, *Do outro mundo* se passava em Pernambuco, num antigo engenho de cana-de-açúcar, porque os holandeses dominaram a região no tempo de Maurício de Nassau — no século XVII — e, como o livro ia ser publicado na Holanda, eu achei que era bom eles se lembrarem de que têm alguma coisa a ver com essa história de opressão. Mas depois, os planos acabaram mudando, o conto foi se desenvolvendo (levei mais de dois anos trabalhando nesse livro), virou novela mais comprida, o projeto holandês não foi adiante, e achei melhor trocar a cana por café e vir para o Vale do Paraíba, que conheço mais. E como eu tinha acabado de escrever *O mar nunca transborda*, um romance para adultos que tem uma grande parte passada no século XIX, estava com muita pesquisa fresquinha na cabeça. Até mesmo podendo deixar de fora coisas que ficariam sobrando no livro (como a revolta de Mané Coco, na região), mas que me mostravam algumas possibilidades de movimentação — como fugir pelo rio, de canoa. Aliás, agora que falei nisso, me dou conta de que talvez uma das raízes de toda essa história esteja num livro que li quando tinha uns dez ou onze anos e, com toda certeza, foi uma das leituras mais empolgantes de minha vida, me marcando para sempre — *As aventuras de Huck*, de Mark Twain. Livro que leio, releio e sempre me diz coisas novas. Nele um menino ajuda um escravo a fugir numa balsa pelo rio Mississípi. Quem sabe não foi aí que a ideia inicial começou a brotar em minha cabeça? Depois foi mudando e se misturando com outras...

Obras de Ana Maria Machado

Em destaque, os títulos publicados pela Ática

Para leitores iniciantes

Banho sem chuva
Boladas e amigos
Brincadeira de sombra
Cabe na mala
Com prazer e alegria
Dia de chuva
Eu era um dragão
Fome danada
Maré baixa, maré alta
Menino Poti
Mico Maneco
No barraco do carrapato
No imenso mar azul
O palhaço espalhafato
Pena de pato e de tico-tico
O rato roeu a roupa
Surpresa na sombra
Tatu Bobo
O tesouro da raposa
Troca-troca
Um dragão no piquenique
Uma arara e sete papagaios
Uma gota de mágica
A zabumba do quati

Primeiras histórias

Alguns medos e seus segredos
A arara e o guaraná
Avental que o vento leva
Balas, bombons, caramelos
Besouro e Prata
Beto, o Carneiro
Camilão, o comilão
Currupaco papaco
Dedo mindinho
Um dia desses...
O distraído sabido
Doroteia, a centopeia
O elefantinho malcriado
O elfo e a sereia

Era uma vez três
Esta casa é minha
A galinha que criava um ratinho
O gato do mato e o cachorro do morro
O gato Massamê e aquilo que ele vê
Gente, bicho, planta: o mundo me encanta
A grande aventura de Maria Fumaça
Jabuti sabido e macaco metido
A jararaca, a pererca e a tiririca
Jeca, o Tatu
A maravilhosa ponte do meu irmão
Maria Sapeba
Mas que festa!
Menina bonita do laço de fita
Meu reino por um cavalo
A minhoca da sorte
O Natal de Manuel
O pavão do abre e fecha
Quem me dera
Quem perde ganha
Quenco, o Pato
O segredo da oncinha
Severino faz chover
Um gato no telhado
Um pra lá, outro pra cá
Uma história de Páscoa
Uma noite sem igual
A velha misteriosa
A velhinha maluquete

Para leitores com alguma habilidade

Abrindo caminho
Beijos mágicos
Bento que Bento é o frade
Cadê meu travesseiro?
A cidade: arte para as crianças
De carta em carta
De fora da arca
Delícias e gostosuras
Gente bem diferente
História meio ao contrário

O menino Pedro e seu Boi Voador
Palavras, palavrinhas, palavrões
Palmas para João Cristiano
Passarinho me contou
Ponto a ponto
Ponto de vista
Portinholas
A princesa que escolhia
O príncipe que bocejava
Procura-se Lobo
Que lambança!
Um montão de unicórnios
Um Natal que não termina
Vamos brincar de escola?

Livros de capítulos

Amigo é comigo
Amigos secretos
Bem do seu tamanho
Bisa Bia, Bisa Bel
O canto da praça
De olho nas penas
Do outro lado tem segredos
Do outro mundo
Era uma vez um tirano
Isso ninguém me tira
Mensagem para você
O mistério da ilha
Mistérios do Mar Oceano
Raul da ferrugem azul
Tudo ao mesmo tempo agora
Uma vontade louca

Teatro e poesia

Fiz voar o meu chapéu
Hoje tem espetáculo
A peleja
Os três mosqueteiros
Um avião e uma viola

Livros informativos

ABC do Brasil
Os anjos pintores
Explorando a América Latina
Manos Malucos I
Manos Malucos II
O menino que virou escritor

Na praia e no luar, tartaruga quer o mar
Não se mata na mata: lembranças de
Rondon
Piadinhas infames
O que é?

Histórias e folclore

Ah, Cambaxirra, se eu pudesse...
O barbeiro e o coronel
Cachinhos de ouro
O cavaleiro do sonho: as aventuras e
desventuras de Dom Quixote de la Mancha
Clássicos de verdade: mitos e lendas
greco-romanos
O domador de monstros
Dona Baratinha
Festa no Céu
Histórias à brasileira 1: a Moura Torta e
outras.
Histórias à brasileira 2: Pedro Malasartes e
outras
Histórias à brasileira 3: o Pavão Misterioso
e outras
João Bobo
Odisseu e a vingança do deus do mar
O pescador e Mãe d'Água
Pimenta no cocuruto
Tapete Mágico
Os três porquinhos
Uma boa cantoria
O veado e a onça

Para adultos

Recado do nome
Alice e Ulisses
Tropical sol da liberdade
Canteiros de Saturno
Aos quatro ventos
O mar nunca transborda
Esta força estranha
A audácia dessa mulher
Contracorrente
Para sempre
Palavra de honra
Sinais do mar
Como e por que ler os clássicos universais
desde cedo

Da autora, leia também

Coleção anamaria machado

Amigos secretos
O canto da praça
Isso ninguém me tira
Mensagem para você
O mistério da ilha
Tudo ao mesmo tempo agora
Uma vontade louca